小鈴危一

Illust. 夕薙

イーファ
【魔術師】
「セ、セセセセイカくん……っ!?」

メイベル・クレイン
【重戦士】
「あ、あんたはこの場面でなんで落ち着いてるのよ!?」
「……出てって」
アミュ
【魔法剣士】

「召命――《蛟》」
みずち
セイカ・ランプローグ
【陰陽師】

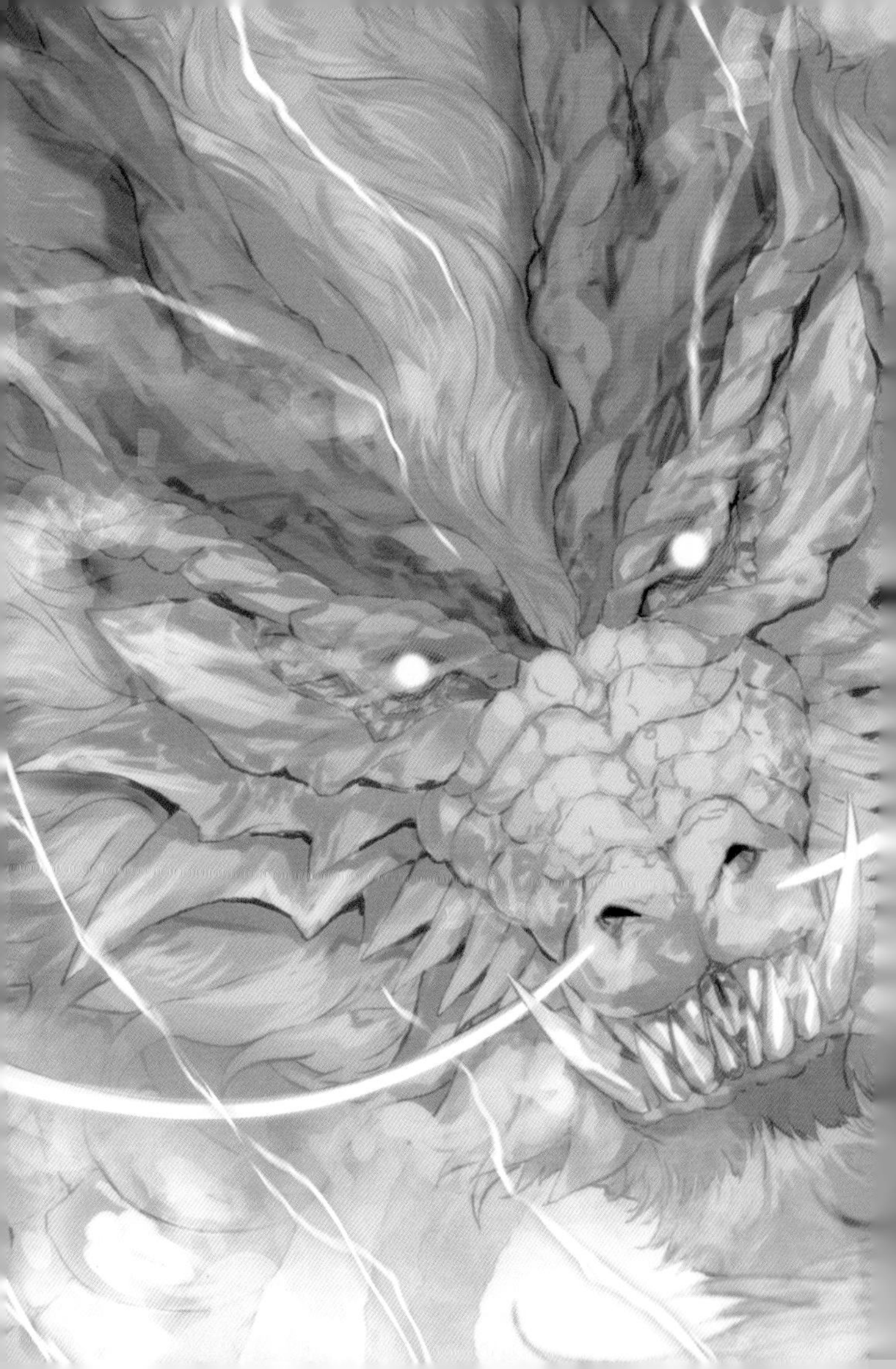

CONTENTS

最強陰陽師の異世界転生記～下僕の妖怪どもに比べてモンスターが弱すぎるんだが～④

小鈴危一

第一章　其の一

よく晴れた、春の日の正午前。

北東へ延びる帝国の街道を、ぼくとアミュを乗せた馬車が走っていた。

御者台に乗って手綱を握っていると、頬を撫でる涼風が気持ちいい。心なしか、馬も調子が良さそうだ。

「ねぇ、セイカ」

荷台から、アミュが話しかけてくる。

「そろそろ替わる？」

「え？　いいよいいよ。まだ全然疲れてないし」

「……そう言って、あんたもうずっとそこ座ってない？」

アミュが若干呆れたように言う。

「なんですっかり馬車大好きになっちゃってるのよ」

アミュの言う通り。

馬車の大まかな動かし方を教わったぼくは、それからほとんどの時間を御者台の上で過ごしていた。

素直に答える。

「結構楽しいんだ、これ。あと自分で動かしてると不思議と気分が悪くならない」

「馬の世話まで甲斐甲斐(かいがい)しくするようになっちゃって」

「馬は元々好きだからね。それに昔は自分で牛の世話も……あ、いや」

「牛……？　あんたの実家、牛なんて飼ってた？」

アミュが訝(いぶか)しげに言う。

もちろんそんなわけもなく、前世の話だ。日本にいた頃は、普通に牛車(ぎっしゃ)に乗ることが多かったから。

あれは大した速度は出ないものの、その分乗り心地は悪くない。呪(まじな)いで転移したり、妖(あやかし)に乗る方がずっと手っ取り早いのだが、残念ながら人を訪ねるのにはまったく向かないし、風情が欠片(かけら)もなかった。

と、そんなことを答えるわけにもいかないので言葉を濁すと、馬車の上に沈黙が降りた。

居心地の悪いものではない。

そう感じるのは、この子に対して、幾分か素直な気持ちで向き合えるようになったからだろうか。

「……学園は、今頃どうなってるかしらね」

アミュがぽつりと言った。

ぼくは視線を前へと向けたまま、答えに迷う。

つい先日――ぼくは攫(さら)われたアミュを助け出すため、帝城へ攻め入った。

大暴れの末、一応連れ出すことは成功したのだが……当然というかなんというか、学園に戻ることはできなくなってしまった。

政争に巻き込まれ、下手すればこの子が殺される可能性もあった以上、やむを得なかったとは思っている。しかし……大事になってしまったのは事実だ。

皇女であるフィオナが取りなしてくれたからよかったものの、それがなければどうなっていたことか。

ぼくは迷った末、ただ会話を繋げるだけのような答えを返す。

「……今頃は、新学期が始まっているだろうな」

「そうじゃないわよ。あたしたちのこととか……イーファのこととか、そういうのよ」

「……」

確かに、気がかりではあった。

侯爵の抱える騎士団にアミュが連行されたことは、入学式の最中だったこともあって大勢の人間に知られている。

ぼくがいなくなったことも、当然気づかれているだろう。いろいろ実績を持ち、今年総代を務めたぼくも、アミュと同じかそれ以上に学園の有名人だ。

今頃どんな噂が流れているやら……。さすがにまだ大丈夫だろうが、いずれは除籍にもなるだろう。

まあ学園を去った以上、その辺はもう関係ない。

それよりもイーファだ。

あの子は奴隷身分だから、主人であるぼくがいなくなって……どういう扱いになるのかがいまいちよくわからない。帝国法や学園の規則を思い出してみても、はっきりとした解釈が難しそうだった。

まあ、ひどくともランプローグ領に送り返されるくらいだろうが……申し訳ないことをしたと思っている。せっかく、学園での成績もよかったのに。

帝城に攻め込む前は頭に血が上っていたから、正直後のことはあまり考えていなかった。ひどい主人だ。

ただ実際のところ……そう悪いようにはならないんじゃないかと、思っていたりする。

あの学園長は、規則に従って粛々と物事を処理するような人間ではない。ぼくがいなくなって成績トップになったイーファを、規則や金といったつまらない理由で手放すことはまずしないだろう。

それに……フィオナもだ。

あの謀略家たる聖皇女は、自身の未来視によって、ぼくの持つ力のほどをある程度把握しているようだった。あんなことがあったばかりの今、ぼくの機嫌を少しでも損ねるような事態を、うっかり見逃すとも思えない。今度はロドネアを破壊されでもしたらたまらないはずだ。

いや……そうじゃないな。

あの子たちと親しげに会話を交わしていた彼女のことを、ぼくは少しでも信じたいと思っていた。

「きっと大丈夫さ」

長い沈黙の後にそう答えると、今度はアミュが黙り込んだ。

それから、ほどなくして口を開く。

「ねぇ、セイカ」

「……ん？」

「いい加減、訊いてもいい？」

ぼくはわずかな緊張と共に、問い返そうと開きかけた口を閉じた。

アミュは構わず話す。

「あんた……なんでそんなに強いのよ」

「……」

「帝城の城壁、あれあんたが壊したんでしょ？　しかもその後元に戻してるし……いったいどうやったらあんなことができるのよ」

「……」

「城の衛兵みんな倒して、あたしのとこまで無傷で来て。フィオナが言ってたけど、あの子の聖騎士ですら、誰も相手にならないくらいなんでしょ？　あんた……何者なの？」

「……」

ぼくは、少し間を置いて答える。

「ぼくは小さい頃、魔力測定の儀式で、魔力を持っていないって言われたんだ」

「……」

「でも、どうしても魔法が諦めきれなくてね。家が家だったから、屋敷の書庫でひたすら勉強して……帝国では珍しい、今の符術を覚えたんだ。普通の魔法は今でも使えないけど、これがその代わり以上になる。強いのは、あの頃必死だったおかげだよ……。この説明じゃダメかな」

「そんなの前にも聞いたわよ」

「……」

「嘘はやめて」

ぼくは小さく溜息をつき、目を閉じた。

この子は人をよく見ているし、感情の機微にも聡い。ただの学友でいられた頃ならともかく、こんな雑な誤魔化しの弁を、もう信じてはくれないだろう。

誠実に向き合う必要がある。もう、正直に話そう。

ぼくは、意を決して口を開く。

「ぼく……どうやら、天才みたいなんだよな」

「…………は？」

呆けたような声を出すアミュに、ぼくは渋い顔のまま続ける。

「必死だったって言ったけど……今思えば最初から、人よりずっと上手くできた。一番初めにただの聞きかじりで使った術ですら大成功だったからな……。新しい術だってすぐに覚えられたし、そもそも記憶力もよくて勉強もできた。気づいたのは学び始めてしばらく経ってからだったよ。まあ、あったってことなんだろうな。才能」

「……」

「この符術自体は、もちろん頭のいい先人が生み出して、多くの人の努力の末に体系化されたものなんだけど……実は今使ってる術の半分くらいは、ぼくが自分で編み出したものなんだ。呪(まじな)い以外の、博物学の知識とかも組み合わせたりして……途中から楽しくなって、その頃にはあまり必死という感覚はなかったな」

「……」

「で、気づいたらこうだよ」

説明を終えたぼくへ、アミュが呆気にとられたような顔で言う。

「……なに、その……自慢？　あんたそんな自信満々のキャラだったっけ？」

「君が訊いてきたんじゃないか。これ以外に、強さの理由なんて説明のしようがないよ」

「……なにそれ」

「嘘に聞こえるか？」

「…………聞こえないわね」

少し経ってから、アミュが溜息をついて言う。

「それほんとなの？　なんか……拍子抜け。聞いて損した気分。すごい秘密があると思ったのに。あたし、なに言われるかって覚悟してたのよ？」

「……ひどい言い草だな。ぼくだってこんなこと話したくなかったのに」

実際、こんなことを改めて口に出すのは生まれて初めてだ。前世でだって言ったことはなかった。なんだか気恥ずかしい、自意識過剰みたいで。

「……」

今言ったことは、すべて真実だ。彼女の望んだ通り、ちゃんと正直に話した。

だが、もちろん――言っていないことはある。

異世界に、転生。陰陽術に、妖。すごい秘密だってちゃんと持っている。だが……訊かれていないことまで答えるつもりはない。

強さの理由は、説明した通りだ。ぼくの実力に、生まれ変わりは一切関係ない。

アミュが呟く。

「でも……強さなんて、結局そんなものかもしれないわね。あたしだって……勇者じゃなかったら、こんなに剣も魔法も、上手くできなかったんだろうし」

「……」

「そういえば、あたしが勇者だって、どうしてあんた知ってたの？」

「……二年前の入学式の日、デーモンを喚んだ術士を探しに行ったって言っただろう？　見つからなかったとも言ったけど、実は見つけてたんだ。そいつから聞いた。あの襲撃は……実は、君を狙ったものだったんだよ」

「ふうん……やっぱりね。勇者だもん、狙われもするわよね。で？　そいつはあんたが倒したわけ？」

「……ああ。誰にも言ってないけど」

「そう……じゃあ二年越しだけど、この前の分とまとめて言うわね」

ぼくの後ろで、アミュがはにかむように言う。

「ありがとね、セイカ」

「……」

「なんだか、あんたには助けられてばっかりね」

ぼくは振り返りもしないまま、微（かす）かな罪悪感と共に答える。

「……どういたしまして」

言っていない秘密は、もう一つあった。

アミュ。ぼくは初め、君を利用しようとしていたんだ。

先日のような、為政者に目を付けられ、処刑されるような役割をこそ、ぼくは君に求めていた。最強たるぼくの、身代わりとなってもらうために。

それを自ら台無しにしてしまった今――もう、どうしたらいいのかわからない。

夕暮れ時。

街道の脇にあった大きな岩の陰に馬車を停めて、ぼくは言った。

「今日はここで野宿するしかないだろうな」

本当は今日中にラカナへ入りたかったのだが、前の町で少し出立が遅くなってしまったこともあって、予定通りとはいかなかった。

ここからラカナまではまだ数刻ほどかかりそうだし、この先は山や森が近いから、暗くなってから進むことは避けたい。

「その方がいいわね」

アミュが、馬車から飛び降りて言う。

「でも、明日にはラカナに着きそうね」

「そうだな……本当はこんなはずじゃなかったけど、明日は明るいうちに入城できるから、ゆっくり宿を探せていいかもしれない。日暮れ前に慌てて探すとぼったくられそうだ」

正直、手持ちの金も心許ない。

フィオナが用意してくれた金は路銀としては十分だったが、この先ずっと生活していくにはもちろん足りない。なるべく節約したかった。

こんなことなら、帝城へ行く前に寮に残していた金をいくらか持っていくんだったな……。

事情をわかっているアミュも、うなずいて言う。

「そうね。まあでも、ラカナは冒険者の街だから、安宿はきっとたくさんあると思うわよ」

「安宿なぁ……。下手な安宿だと、野宿の方がマシなところも多いからなぁ……」

「なにその、事情通みたいな。あんたそんなに旅慣れてたっけ？　たしかにそうは聞くけど」

それから、アミュはにっと笑って、ぼくへ告げる。

「今日はあんた、寝ていいわよ。見張りはあたしがしとくから」

「え、でも……」

「どうせ、明日もあんたが御者やるんでしょ？　居眠りされたらたまんないわよ。それに、あんたいっつもあたしより遅く寝て早く起きてるけど、ちゃんと寝てるの？」

「……」

「今日は甘えなさい。わかった？」

ぼくはしばし悩んだ後、苦笑して答える。

「なら、そうさせてもらおうかな」

「決まりね。じゃあ、食事にしましょう。たしか向こうに川があったから、あんた水汲んできて。あたしは火をおこしておくから」

「はいはい……」

歩き出しながら、ぼくは赤い空を見上げて思う。

思いがけず始まったこの旅も、そう悪いものじゃない。

で、明くる日の早朝。

「寝てるし……」

たき火のそばで、膝を抱えて眠りこけるアミュを見下ろして、ぼくは呆れながらそう呟いた。

まあね。こうなるんじゃないかと思ったよ。

体がなまるとか言って夜中に剣を振っていたけど、あんなことしたら眠くなるに決まってる。一晩中気を張っているのは、それだけでも疲れるというのに。

「……」

見張りに寝られるのは、本当は野宿をするうえではかなりまずい。

安全そうな場所に停めたとは言え、野盗や獣やモンスターの危険は当たり前にある。軍だったらまず処罰の対象だろう。

だが、この子を責める気にはなれなかった。

あんなことがあった以上、昨夜どころか、もうずっと気が休まらなかったに違いない。ちゃんと眠れていないのはこの子も一緒だ。

たき火の様子を見るについ先ほどまでは起きていたようだし、よくがんばった方だろう。それに元々、何かあったら式神でわかるようにしていたしね。

馬車から引っ張ってきた毛布を少女の背中に掛けてやると、ぼくは明け方の空を見上げた。

馬はもう起きているようだが、さすがに出立にはまだ早い時分だ。少しその辺の散策でもするか。

アミュのそばに式神を残し、ぼくは歩き出す。

そして、昨日水を汲んだ小川の近くまで来た時――ふと口を開いた。

「ユキ」

頭の上で、もぞもぞと妖の動く気配がする。

ユキとは、あの日蛟に乗って学園を発って以来、まだ一言も言葉を交わしていなかった。

ぼくはもう一度声をかける。

「ユキ」

「……なんでございましょう、セイカさま」

髪から顔を出したユキが、平坦な調子で答えた。

ぼくは静かに言う。

「ごめんな」

「なにを謝っておられるのですか」

そう言われて、ぼくは困ってしまった。自分でも、何を謝っているのかよくわからない。

「……もっと、お前の言うことを聞いておけばよかったよ」

「では次の機会には、あの娘を見捨てられますか？」

「……」

「あるいは力を隠すことを諦め、今後はずっと、前世で得た強さを頼りに生きられますか？」

「……」

「セイカさまにも、たとえ道理に沿わぬとて、譲れぬものがございましょう」

　ぼくが黙ると、ユキは続けて、申し訳なさそうに言う。

「むしろ、ユキの方こそ……あのような無意味な提案をすべきでは、ございませんでした。セイカさまが到底聞き入れられるものでないことは、わかっておりましたのに」

「そんなことはないさ。ぼくは……初めはお前の言う通り、あの子を犠牲にするつもりでいたんだから。そもそもはぼくの言い出したことだ」

「いいえ。ぜったい――セイカさまは、聞き入れられませんでした。ユキにはわかります」

　そう言うと、ユキは髪の中へ潜ってしまった。

　ぼくは小さく息を吐き、独り言のように呟く。

「世の中、ままならないな。どうすればいいだろう。ぼくはこの先、どう生きれば……」

「……それはご自分でもよくお考えくださいませ」

　つんと答えるユキ。

　ぼくは頭の上に手を伸ばし、髪の中の細い体を撫でてやると、ユキが続けて憮然（ぶぜん）と言った。

「撫でればいいと思っておられませんか？」

「じゃあ、何か欲しいものあるか？」

「物をやればいいと思っておられませんか？」

　ぼくが黙って頭から手を離すと、ユキが少し置いて言った。

「ユキは今、干し無花果（イチジク）が食べたいです。あともっとたくさん撫でてほしいです」

ぼくは苦笑して答える。

「なら、ラカナに着いてからだな」

ユキは黙ったままだったが……この様子はたぶん、それでいいということだろう。

ふと、その時――ぼくは足を止めた。

小川の向こうに広がる森。木々の合間から姿を現した存在に、目を奪われる。

それは大きな、鹿の姿をしたモンスターだった。

灰と茶が混じったような毛並みで、頭には直方体の結晶が組み合わさった幾何学的な角が生えている。背や脚にも見られる鈍い虹色をしたその鉱物は、どうやら魔石であるようだった。

水を飲みに来たのだろうか。普通の鹿の倍ほどもあるそのモンスターは、川の手前でぼくに目を向けたまま、動きを止めている。

名前はわからないが、かなり神々しい雰囲気のモンスターだ。

ぼくは無言で式を向ける。

鹿型のモンスターは、一瞬で反応して森へ逃げようとしたが、遅かった。ヒトガタの作る五芒星の陣に囚われ、跳躍しかけの格好でその動きを封じられる。

よしよし。

「セイカさま？」

頭の上のユキが訝しげに問いかけてくる。

「なにゆえ封じようとされているのです？　襲いかかってきたわけでもありますまいに。この世界の物の怪は位相に耐えられないのですから、セイカさまの手駒にもできませんよ？」

「だからいいんだよ。こいつは売る」

ぼくは口元に笑みを浮かべながら答える。

「ラカナは冒険者の街だからな。モンスターの死骸の換金先くらいいくらでもあるだろう。勘だけど、こいつはきっと高く売れるぞ」

というわけで。ぼくは印を組み、真言を唱える。

「――ओम् एकम् सप्त वशितः अष्टादश एकम्ट नव द्वे सकल स्वाहा」

その時、鹿の眼がぼくを睨み、魔石の角が光を放った。

しかしながら、何も起きないうちに、その体は空間の歪みへと吸い込まれていく。

そして後には、扉のヒトガタだけが残った。

きっとそれなりに強かったんだろうが、すまない。位相の中で綺麗な死骸となってくれ。

「うーん……なんだか、ユキには罰当たりなことをしたように思えます」

「ぼくが罰当たりって、今さらすぎるだろ。前世で何体の神を封じたと思ってるんだ」

踵を返し、アミュの待つ馬車への道を戻っていく。

今生でのぼくは、やはりついている。金の問題も早速解決しそうだ。

ただなんとなく……ユキの言ったことも、わかる気がした。

その後、何事もなかったかのように馬車へと戻ったぼくは、まだ眠そうにしていたアミュを荷台へ乗せ、出立した。

山間(やまあい)の道を行くこと、数刻。

日が真上まで昇る少し前に、進行方向に都市の城壁が見えてきた。

「……あれが」

自由都市ラカナ。

ダンジョンがもたらす富によって発展した、冒険者たちの街。

そういう都市があると聞いたことはあったものの、実際に訪れるのはもちろん初めてだった。

ぼくは、一目見て思ったことを呟く。

「ずいぶん城壁が高いな」

ロドネアどころか帝都よりも高い。

おまけに城門や上部の通路、合間合間に立つ城壁塔まで物々しく、外部からの脅威に対しかなり慎重になっているように思える。

不思議だった。

ここは別に、戦略的に重要な都市というわけではない。

資源が採れる豊かな土地ではあるものの、その源はダンジョンであるので、鉱山や港のように奪えばいいという場所でもなかった。

魔族や敵国軍の襲来を、そこまで警戒しなければいけないとも思えないけど……。

「たぶん、スタンピードに備えてるんじゃないかしら」

ちょっと前に目を覚ましていたアミュが、後ろで答えた。

ぼくは視線だけで振り返る。

「スタン……なんだって？」

「スタンピードよ。モンスターが群れになって村や街を襲うこと。そう滅多にあることじゃないけど、ここの周りはダンジョンや森ばっかりだから、万が一に備えてるんじゃない？」

「へぇ……そういうのがあるのか」

初めて聞いた。

前世でも丑三(うしみ)つ時(どき)に妖(あやかし)が群れをなす百鬼夜行というのがあったが、別に都(みやこ)や村落を襲ったりはしなかった。せいぜい出くわした人間が喰われる程度だ。

現象としては似ているが、実態は別物なんだろう。

ぼくは訊ねる。

「そのスタンピードっていうのは、どうして起こるんだ？」

「さあ……たまたま一種類のモンスターが大量発生したり、他の強いモンスターから逃げてきた、ってこともあるみたいだけど……理由がわからないことの方が多いわね。なぜかいろんなモンスターが一度に現れるんだって。大きなダンジョンや森が近くにあると、起こりやすいみたいなんだけど」

「……ふうん」

いろんなモンスターが、なぜか一度に、ね……。

ここまで聞いて、ぼくはその理由に心当たりが生まれていた。

ダンジョンがモンスターを生むのなら、条件さえ整えば大量に現れもするだろう。

ここらの土地から感じる力の流れ――転生してから初めて見つけたこれを思えば、その条件というのも想像がついた。

もっとも、今心配する必要はないけど。

そんなことを考えている間にも、馬車はラカナへと進んでいく。

城壁をくぐって目に入ったのは、雑多という形容がふさわしい街だった。

建物は簡素で、それほど高層建築もない。ロドネアや帝都に比べるとどうにも洗練されていない印象だ。だが一方で人の数は多く、その見た目も様々。珍しい髪や肌の色をした人種に、亜人の姿もあった。

そしてやはり、武器を提げている人間が多い。さすがは冒険者の街といった風情だ。

ラカナへ入ったぼくとアミュがまずしたのは、馬車を売ることだった。

元はフィオナが用意した物なのでためらいはしたが、維持しておけるほどの余裕もない。もし返せと言われたら弁償するしかないな。

そんなわけで若干の申し訳なさと引き換えにはなったが、金銭的にはいくらか余裕ができた。

金貨の袋を仕舞いながら、ぼくはアミュと共に人で賑わう街を行く。

「で、これからどうする？　セイカ」

横を歩くアミュが言う。

「とりあえず逗留先の宿を探した方がいいと思うけど」

「それなんだけど……まずは、ここの首長に会おうと思うんだ」

「ラカナの首長に？　どうして？」

「フィオナがぼくらのことを伝えてあると言った以上、顔を見せておいた方がいいんじゃないかと思って」

そして――――できるなら、その意思を確かめておきたい。

ぼくらの敵になり得るかどうかを。

フィオナは自身の協力者だと言っていたが、所詮は一人の人間だ。自らに利すると判断すれば、勇者を追う派閥の者にぼくらを売ることもあり得る。

それ以前に、フィオナの意思すら、ぼくは未だに量りかねていた。

その場で謀を見抜けるとは思っていないが、まあそこは式神で見張っていればいずれボロを出すだろう。

勇者の来訪を知らせ、反応を見る。ここが安全な地か見極めるには、どうしてもそれが必要だ。

「……それに、首長ならきっと安くて良い宿だって知ってるさ」

「あ、そうね。どうせならここの人間に訊いた方がいいわよね」

ぼくがそう付け加えると、アミュはあっさり納得してうなずいた。

◆◆◆

ラカナの行政府は、街の中心にある。

市街をしばらく歩くと、大きな広場に面したその市庁舎が見えてきた。

さすがに立派な建物だ。この地の商館や聖堂以上に堂々とした佇(たたず)まいをしている。

さて、どう言って取り合ってもらおうか……などと考えながら歩みを進めていると、ふと市庁舎の手前に、小さな人だかりができていることに気づいた。

何やら言い合う声も聞こえてくる。どうやら揉(も)め事らしい。

「こんな場所で喧嘩(けんか)か？　物騒な街だな」

「そんなもんよ、冒険者なんて」

関わり合いにならないよう脇を通り過ぎようとすると——人だかりの中から人間が飛んできた。

「うわっ」

慌てて飛び退くぼく。

背中から地面に落ちた男は、それですっかり伸びてしまったようだった。

割れた人垣の中から声が聞こえてくる。

「てめっ、こらガキ！　やりやがったなッ！」

「だったら、なに。あなたも、ぶっ飛ばされたいの」

その声には、思いっきり聞き覚えがあった。

ぼくはしばし固まった後、近くに寄って人垣の中を覗き込む。

そこにいたのは、三人の人間だった。

顔を歪めて喚き散らしているのは、冒険者らしきひょろりとした男。

それに相対しているのは、背に戦斧を担いだ小さな灰髪の少女。

そしてその後ろでおろおろしているのは、くすんだ金髪で猫っ毛の少女。

えーっと……。

「メ……メイベル？　それにイーファ？　あんたたち、なにしてんのよこんなとこで⁉」

隣でアミュが驚きの声を上げた。

二人の少女がぼくらの方を向く。

「あ」

「アミュちゃん……セイカくん……」

目を丸くする二人。

だが……やがてイーファがぼくらへと駆け寄ると、そのまま抱きついてきた。

「ちょっ」

「イ、イーファ？　あんた……」

「……ふぇえええええ」

両腕をぼくとアミュの首に回して、すんすんと泣き出す。

ぼくらは、思わず二人して黙り込んでしまった。

とりあえずその後ろ髪を撫でてやっていると、メイベルが歩み寄ってくる。

「アミュ、セイカ……よかった。見つかって」

「メイベル……あんた、なんでこんなとこにいるのよ」

「追いかけてきた」

「ええええっ？」

「え、えっと……いつからラカナにいるんだ？」

「昨日から」

「昨日⁉　なんでぼくらより早く……いや、そうか」

位置的に、ロドネアの方がラカナに近い。

ロドネアから帝都まで、蛟で十刻かからなかったのだ。フィオナがあの翌朝に鳩を飛ばせば、その日のうちに二人は事情を知ることができただろう。そこから一日準備し、出発しても十分ぼくらに先行できる。

でも……、

「なんで、そんなこと……」

「それ、訊く?」

メイベルが少しだけ怒ったように言った。

「え……」

「そうだよぉ……」

イーファがぼくらから腕を放し、赤い目をごしごしこすりながら言う。

「アミュちゃんが連れて行かれて、セイカくんもいなくなって……そしたらまさか、あんなことになってるなんて……そのまま学園になんていられないよ……」

「えっと……やっぱり、一通りの事情は聞いたのか? その、帝城のこととか……」

「うん……学園長先生から……」

イーファがうなずく。

うん、まあ、そうだよね。隠し通せるとは思ってなかったけど……。

今度はアミュが、メイベルへ申し訳なさそうな顔を向ける。

「でも……あんたたちには関わりないことじゃない。あたしたちはもう、学園には戻れないのよ。こんなところまで来てもらったって……」

「関わりなくない……私はアミュのこと、最初から知ってた」

「えっ……」

「私が貴族の養子になったのも、学園に来ることになったのも、あなたのせい。あなたが攫われたのと、同じ理由。だから……今さら無関係になんて、なれない」

「……」

「最後まで付き合う。いい？」

真っ直ぐに言うメイベルに、アミュは言葉を詰まらせ、顔をうつむかせた。

ぼくは力のない笑みを浮かべながら、少女たちへと告げる。

「悪い。心配かけたな、二人とも」

「ちょっと待ったあああああ‼」

顔を向けると、先ほどのひょろい冒険者の男がぼくらを憤怒の表情で見ていた。

あ、そういえばこいついたっけ。

「何終わった気でいやがる！　おいガキ！　てめッ、どう始末付けるつもりだ⁉」

「……メイベル、この人は？」

メイベルは男に一瞥だけくれると、淡々とぼくに説明を始める。

「市庁舎に入ろうとしたら、そこのやつと、あっちで寝てる二人組に、声かけられた」

「君が投げ飛ばしてたやつな。声かけられたって、なんで？」

「イーファが、奴隷なんじゃないかって」

「なん……あー、そういう」

ぼくは察しがついた。

この二人は、たぶん逃亡奴隷を捕まえて小遣い稼ぎをしようとしていたのだろう。

ここラカナはその性質上、様々な土地から人間が集まる。当然その中には、主人の下から逃げた元奴隷だって少なくない。

逃亡奴隷によっては、高い懸賞金をかけられ、商会や冒険者ギルドを通じて各地に手配書が回されているような者もいる。それに目を付けるやつがいてもおかしくはなかった。

二人とも女で子供だからなぁ。この街に流れ着くには、確かに不自然だ。

戦斧を背負い、どことなく雰囲気のあるメイベルはともかく、イーファは冒険者にも見えない。容姿もいいし、疑われるのも無理はないだろう。

「それで、なんて答えたんだ？」

「はいそうですけど、って。イーファが」

「ええ……なんで正直に言うかなぁ」

「うう、ごめん！　つい……」

「それで？」

「逃亡奴隷じゃないって説明しても聞かなくて、無理矢理連れて行かれそうになったから」

メイベルが、伸びている男を指さす。

「一人ぶっ飛ばしたとこ」

「……なるほど」

事情はだいたいわかった。

「ごめんねぇ、メイベルちゃん」

「別にいい。だけど、イーファはもっと舐められないようにしないと危ない。ロドネアを出てから四回も絡まれた」

「うう……」

肩を落とすイーファだが、無理もないかなぁ、と思える。

この子、どうも隙(すき)があるんだよな。別に弱くはないんだけど。

まあ今はいい。ぼくは冒険者の男へと向き直る。

「悪いが、ぼくがこの子の主人だ。事情があって別行動をしていてね。その予定はなかったが、この子としてはここでぼくと落ち合うつもりだったようなんだ。紛らわしくてすまない」

「ハァ？　てめッ、貴族か？」

冒険者の男は、不審そうに表情を歪ませて怒鳴る。

「おい、証拠はあるのか証拠は！」

「証拠？」

「首輪の鍵でも焼き印の形でも、それがないなら証書を見せてみろっつってんだ！」

ぼくは無茶な要求に困ったような表情を作りながら、内心焦る。

まずい……そういえばこの子の証書、寮の部屋に置きっぱなしだった……。

ま、まあきっと、学園長が保管しておいてくれるだろう。とりあえず、ぼくは普通に正論を返す。

「そんなもの、いちいち持ち歩いているわけないだろう」

「だったらてめぇのモンだという言い分は通らないな。大人しくそいつを渡してもらおうか」

「どうして？」

「ギルドの手配書に該当するやつがいないか確かめてやる。それが道理ってもんだろ。もちろんいなければてめぇの言うことを信じて返してやるよ。まあもっとも……今日確かめる必要はない。明日まで一晩、オレが預からせてもらおうか」

男に粘着質な視線を向けられたイーファが、怖じ気づいたように小さくなる。

「それが困るなら……わかるだろ？　こっちは真っ当な行いをしていただけだっていうのに、怪我人まで出てるんだ！　あいつが稼ぐはずだった分をどうしてくれる。なあ、貴族の坊ちゃまよ」

「……」

なるほど、タダでは帰らないと。なかなか意地汚いやつだ。

思えばぼくだって武器を提げていないし、舐められているんだろうな。自分でも冒険者に見えるとは思えない。

ぼくは人の増え始めた周囲を見回して、少し考える。

それから、口の端を吊り上げて言った。

「嫌だ」

「は？」

「嫌だ、と言った。金など払わないし、イーファをやるつもりもない。君の道理に付き合う理由が、ぼくにはないな」

「そ、それが通ると……ッ」

「さて。通らないならば、どうする？」

「てめッ……！」

「ちょ、ちょっとセイカ！」

今にも剣を抜きそうな男の前で、アミュがぼくの腕を引っ張る。

「ん？」

「あんた、なに挑発してんのよ⁉」

「どうも舐められているようだったから。こういう街では、新人りは一発かましておくものだろう？」

「んんんそうとも言えるけどっ、あんたの一発って……」

「大丈夫大丈夫、加減するから」

ぼくらのやり取りを眺めていた男が、いくらか余裕のある笑みを浮かべる。

「はっ、女の従者に諭(さと)されてちゃ世話ないな」

「もうこのやり取りいいよ。さっさと来いヒョロガリ」

「オレをヒョロガリって呼ぶんじゃねぇぇえええ‼」

いきなり剣を振り上げ、冒険者の男が迫る。

ぼくはやれやれと、手元で印を組んだ。

《土水(どすい)の相——白月塔(はくげっとう)の術》

「ぬわぁぁああああっ‼」

男の足元から突如太い石膏（せっこう）の柱が立ち上がり、その身体を高く高く持ち上げた。

「ひぃやあああああ‼」

柱の天辺（てっぺん）で、男が悲鳴を上げながら暴れる。

しかしながら下半身が完全に石膏の中に埋まっているため、もちろんどうにもならない。

というかあんまり暴れるなよ。これ脆（もろ）いんだから最悪砕けて落ちるぞ。

アミュが焦ったように言う。

「な、なによこのド派手な魔法！　加減するって話はどこいったのよ⁉」

「しただろ。無傷だし」

「でもぐったりしてるじゃない！」

「あれ……ほんとだ」

六丈（※約十八メートル）ほどにまで伸びた柱の先を見上げると、男が気を失っているようだった。

「……たぶん、高いところが怖い人だったんじゃないかな。さっきも悲鳴上げてたし」

「はあ……それならいいけど、思いっきり目立っちゃったわね」

周りの人だかりからは歓声が聞こえていた。口笛を鳴らしているやつもいる。

まるで見世物だ。いや、そのつもりで派手な術を使ったわけなんだけど。

「あんたねぇ、あたしたちがここに逃げてきたんだってこと忘れてない？」

「あまりビクビクしているとつけ込まれるぞ。ある程度は堂々としていた方がいい。それにな」

ぼくは、もう何度目かわからないこの台詞を吐く。

「こんなものは目立つうちに入らない。そう思わないか？」

「うーん……ま、そうかもしれないわね。帝城をぶっ壊すことに比べたら」

「お前たち！　何をやってるんだ！　散れっ、散れっ！」

その時、数人の衛兵が庁舎の方から駆けてきた。

ここを警備している者たちだろうか。

衛兵は野次馬を散らすと、石膏の塔を呆れたように見上げ、それからぼくへと詰め寄る。

「これはお前が？」

「ええ」

「はあ……ここでの私闘は禁止だ。当然、それはわかっていたのだろうな」

「…………えっ」

そうなの？

ぼくは焦って振り返ると、アミュが呆れたように首を左右に振っていた。メイベルとイーファも気まずそうな顔をしてる。

まずい……。

ロドネアでは意識したことなかったけど、考えてみれば当たり前だ。正式な決闘ならまだしも、街中で私闘なんて許してたら治安も何もない。

ぼくは慌てて言い訳する。

「いやでも、向こうが先に……」

「私闘は禁止だ。例外はない。そこの女どももお前の仲間か？　ならば全員、詰め所まで来てもらおう。まさか無一文とは言うまいな」

「わ、賄賂を要求するならこちらにも考えが……」

「違う。罰金だ」

最悪だ……ここで罰金は痛すぎる。

どうにかして逃げる算段を立てていた——その時。

「おう、やめとけやめとけ！」

野太い声が、広場に響き渡った。

衛兵を含めたぼくら全員が、声の方へ顔を向ける。

大柄な男が、庁舎から歩いてきていた。

無骨な髭面に、浅黒い肌。上等なシャツと上着をだらしなくはだけさせ、口には葉巻をくわえている。

大男が衛兵たちに向かい、手をひらひらと振りながら言う。

「そいつらにゃ手を出さんでいい。ここを潰されでもしちゃかなわん。ワシの客人だ、こっちで相手をする。お前たちはそこで伸びているやつを連れて行け」

「は……はっ！」

衛兵たちはすぐさま踵を返すと、メイベルが最初に投げ飛ばした男を運んでいく。

大男はというと、ぼくの正面に立ったかと思えば、にやりと笑って言う。

「おう、小僧。こいつは貸しだ。わかっているな」

「……まあ、いいでしょう。罰金分程度の、ですがね」

「ふん。ならば早速返してもらおう」

大男は、石膏の塔の先でぐったりとする冒険者を見上げ、言った。

「そいつぁ確か、高いところが苦手だった。早いとこ下ろしてやってくれ——セイカ・ランプローグよ」

白月塔の術

石膏の柱を作り出す術。硫酸カルシウムの1／2水和物（半水石膏）に水を加えると、ごく短い時間で固化し、一般に知られる白くて硬い塊状の石膏になる。術で生み出したものは全長二十メートルに迫るが、自然状態でも十メートルを超える巨大な結晶が確認されている。

其の二

市庁舎最上階の一室。

ぼくらの目の前にいる髭面の大男が、三人掛けの長椅子にふんぞり返って言った。

「それにしても、本当にガキばかりとはのぉ」

ぼくは顔を引きつらせながら答える。

「そうですか。これでも今年、成人なんですがね」

「ふん、十五なぞガキでなくて何だ。パーティーでも小間使いにしかならんわ」

「……まあ、あなたにとってみればそうでしょうね。サイラス議長」

聞いた髭面の大男――サイラスが顔をしかめる。

ラカナは自由都市、つまり治める領主のいない都市だ。

ダンジョンを攻略する冒険者たちの宿営地から発展したここラカナは、その成り立ちと住民の気質――つまり、揃いも揃ってモンスターを狩る荒くれ者どもという特殊性ゆえに、長きにわたって封建制(ほうけんせい)からの自由を保ってきた。

街の運営は、ラカナ自由市民会議という名の議会が担っている。サイラスはそこの議長で、同時に行政府の長でもあった。

つまり――フィオナの言っていた協力者である首長というのが、この目の前の髭男というわけだ。

「その議長というのはやめんか。どうにも物々しくてかなわん。そんな呼び方、議場での議員以外はせんぞ」

「なら、どう呼べば？」

「議長でなければなんでもいい。親父でも旦那でも、市長でもな。そんな役職はないが」

「では……市長で」

たぶん、だいたいの人間にそう呼ばれていることだろう。

サイラスが鼻を鳴らして言う。

「それで、事実なのか？　貴様が帝都を派手に破壊し、ここまで逃げ延びてきた国賊というのは」

隣に座るアミュたちが、緊張したように身を強ばらせる。

どうやらフィオナは、ぼくたちのことを特に隠すことなく伝えていたようだ。ひょっとすると……アミュが攫われるよりも前に。

ぼくは小さく嘆息し、告げる。

「もちろん、そんな事実はありませんよ……壊したのは帝城だけです。しかも、ちゃんと元に戻してから逃げてきました」

「カッカッカ！」

突然、サイラスが大口を開けて笑った。

「面白い小僧だ！　あの姫さんもとんでもないやつを送りつけてきおった。こりゃあ、ラカナでも何かしでかされる前に、軍に突き出した方がいいかもしれんのぉ！　そこの、勇者の嬢ちゃんと一緒に」

聞いたアミュが、微かに顔をうつむける。

ぼくは静かに言う。

「あまりおすすめはしませんね……ここラカナを、歴史の中でのみ語られる街にされたくなければ」

「カッカ！　大言を吐く！」

「それと、あまり連れを不安にさせるような、趣味の悪い冗談は控えてもらいたい」

「ふん……連れを？　貴様自身を、の間違いではないのか？」

見透かしたようなサイラスの物言いに、ぼくは溜息をつく。

こういう手合いは、どうにも苦手だ。

「そうですね。ならば、率直に訊きましょう。あなたは本当にフィオナの陣営に属していて……ぼくたちを匿う気があるのですか？」

「ふん、なんだそれは？　ないのぉ、そんな気など」

サイラスはそう言って、葉巻をくゆらせる。

「まずワシもこのラカナも、どこぞの陣営になど属しておらん。ここは自由を愛する冒険者の街よ。自分らのことはすべて自分らで決める。何者かの思惑に揺さぶられることなどあってはならない。あの姫さんとは、利用し合っているだけのことよ」

「……」

「さて、小僧。この意味はわかるか？」

「試すような物言いはやめてもらいたい。そんなもの知る由もありませんが……勘でいいならば、そうですね。聖皇女だけが、ラカナを欲していない。その辺りが理由でしょうか」

「カッカ！　聡いのぉ、小僧！　その通りよ」

サイラスは笑みと共に言う。

「今の皇子どもは皆、この街を見て涎を垂らしておる。戦争もなく、新たな土地が手に入らなければ、支援者への褒美にも当然困る。だが陣営を維持するためには、帝位争いを制した際の見返りは、必ず約束しなければならない」

「……」

「誰のものでもないここラカナは、その見返りとしては絶好だろうの。この街の帝属を、どの皇子も支援者へ約束していることだろう。当然、ダンジョンが生む富の分配も。だが……姫さんだけは、事情が違う。ごくごく単純な話、あの聖皇女は金を持っているからのぉ。見返りには困らんのよ」

やはりか、とぼくは思う。

未来視の力があれば、あらゆる投資がうまくいく。後ろ盾がない状態から成り上がるには、少なくとも金は必須だったことだろう。

市井にそんな話は出回っていないが、相当な資産を持っていることは想像がついた。加えて言えば、民の力を何よりも大きく見るフィオナにとって、封建制はその力学に反する制度でしかないはずだ。

わざわざラカナを手に入れる理由が、彼女には乏しい。

「そのような事情で、緩い協力関係を結んでいるだけのことよ。姫さんが遠くの商会にも顔を繋いでくれるおかげで、ダンジョンの資源がいい値で売れる。向こうも傘下の商会が潤えば、出資金を回収できて助かる。互いに益があるというわけよ。もっとも……不都合が起きれば、互いにいつ裏切ってもおかしくないがな」

「……そうですか」

想像していたよりは、実利的な繋がりであるようだった。

だが……これでよかったかもしれない。

もしサイラスがフィオナの信奉者のような人物だったら、その内心はとても読み切れなかっただろう。

政治には時に、愛憎や名誉が絡む。前世の最後に巻き込まれた皇位争いもそうだった。

あんなものはとても手に負えない。しかし利益で繋がっているだけの関係なら、破滅の予兆もまだわかりやすいはずだ。

サイラスは目を剥いて笑い、続けて言う。

「どうだ、小僧。この馬鹿正直な回答で満足か？」

「ええ。本当に馬鹿正直かどうかは、後で裏を取ることにしますが。しかし……」

ぼくはここで、少しばかりの反撃を試みる。

「そんな答えをもらってしまっては、こちらとしてはどうにも不安でなりませんね。このままでは――あなたを始末して議会を脅し、この街を掌握でもしなければ、とても安心して眠ることなどできそうにない」

「カッカッカ‼」

サイラスは葉巻を吐き出すと、ぼくへと大きく身を乗り出す。

「おう。やってみぃ、小僧」

「……」

「だがな、この街は、そう簡単に貴様の思う通りにはならんぞ」

……ダメだな。この程度の脅しで揺さぶれる人物ではなさそうだ。

本物の為政者は、時に自らの生死すらも政策の一部に組み込む。この男もそういった、異常者の一人なのだろう。

駆け引きの相手としては、どうにも分が悪い。

ぼくが黙っていると、サイラスは何事もなかったかのように上体を引いて、長椅子の背にもたれかかる。

「それに、貴様としてもあの姫さんを敵に回したくはあるまい。追っ手に聖騎士どもが加われば、いくら貴様とて荷が重かろう」

「そっ……そう、ですか。いえ、そうですね」

ぼくは一瞬だけ目を見開き、短く答えた。

そうか。この男は、ぼくをその程度だと思っているのか。

考えてみれば無理もない。まだ成人もしていない子供が、まさかこの街を一夜で更地にできるなどとは思わないだろう。

それならば、都合がいい。

聖騎士程度で抑えられると思っているのなら、それで。

恐れられていないということは、ぼくにとって何よりもありがたい。

「ええ、もちろん」

ぼくはうなずいて言う。

「ぼくとしても……フィオナ殿下と敵対したくはありません。大人しくしていると約束しましょう。それで？　ぼくたちはこの街で、これからどう過ごせば？」

「ふん、そんなもの好きにしろ。何も大人しくしている必要もない」

サイラスが、再び葉巻をくわえる。

「貴様らを特別匿う気はないが、この街は誰も拒絶せん。無論、犯罪者は別だ。貴様らの追っ手とやらがこの街で狼藉を働けば、他の犯罪者と同じように引っ捕らえ、金目の物を取り上げ、城壁の外へ放り出す。やんちゃが過ぎれば当然、奴隷落ちだ」

「……」

「だから貴様らは、この街の住人として好きに過ごせばいい。その自由を、ワシらは誰も妨げん」

「……」

なるほど。この男が協力者というのは、結局のところ事実だったようだ。

わざわざこんな回りくどい言い方をするのは、帝国の権力者へ便宜を図るような真似はしないという、自由都市の首長としての矜持なのかもしれない。

それはそれとして、ぼくは言うだけ言ってみる。

「ええと、生活の面倒を見てもらえないかと、実はちょっと期待していたんですが……」

「甘ったれが、自分らの面倒くらい自分らで見んか！　あの姫さんからもそんな言付けは受け取っておらん。まあ、言外に期待されていたふしがないでもないが……知らんな。金が必要なら、自分らで姫さんに無心せい。でなければ、稼ぐことだ。商人の小間使いでも、鍛冶職人の弟子でも、冒険者でもなんでもすればいい」

「……」

まあ、そううまい話はないか。

ぼくたちを養う程度、この男にとっては大した出費でもないだろうが……やはり貴族を接待するような真似を、個人的に許せないのかもしれない。

それに……ある意味では予定通りだ。

ぼくは小さく息を吐いて、言う。

「ではせっかくなので、冒険者にでもなるとしましょう」

「おう。それはいい」

サイラスが大きく笑って言う。

「力ある者ならば、やはりそう言うと思っておった。なに、帝城を破壊できる実力があるならば、女三人を囲う程度は稼げよう」

「ばかにしないで」

その時、メイベルが口を開いた。

サイラスを真っ直ぐ見据えて言う。

「自分の食い扶持（ぶち）くらい、自分で稼げる」

「ほう」

サイラスが感心したように、メイベルを見据える。

「いい目をするな、娘っ子。その戦斧も、どうやら飾りではないようだ……。そういえば、勇者もおったな。どうだ、嬢ちゃんは戦えそうか？」

「……あたしが初めてモンスターを倒したのは、十歳の頃よ」

アミュが顔を上げて、その若草色の瞳でサイラスを睨む。

「ダンジョンにも森にも、何度行ったかわからないわ。レッサーデーモンや、ダンジョンボスの黒ナーガだって倒した。この街に来るずっと前から、あたしはもう冒険者よ」

「カッカ！　いいのぉ！」

サイラスが、大口を開けて笑う。

「貴様らはいい住人になりそうだ！　せいぜい励み、稼ぐがいい。この街は欲望と暴力でこそ潤う」

とはいえ、と、そこでサイラスは語調をゆるめる。

「この周辺にあるダンジョンのことは、まだ何も知らんだろう。そのうえここ最近、一部のダンジョンの難易度が上がっていると聞くからのぉ。まさかないとは思うが……早々に死なれでもしたらかなわん。最初くらいは多少の便宜を図ってやろう」

「便宜……？」

「呼んでいるはずだが……」

と、その時、部屋の扉をノックする音が聞こえた。

「いい時に来おった。入れぃ！」

扉が開き、人影が入室してくる。

背の高い、どこか理知的な顔をした男だった。

細身だが、おそらくはよく鍛えられている。服装と提げた剣を見るに、冒険者のようだ。

「おう、ロイド。待っとったぞ」

ロイドと呼ばれた冒険者が、ややすまなそうな顔で言う。

「遅れてすみません、市長。それで、用とは……」

「こいつだ」

と言って、サイラスがぼくの肩を叩(たた)いた。

勢いが強かったせいで、体が揺れる。

「ワシの伝手(つて)で今日からこの街に住むことになったガキどもだ。冒険者になるそうだから、ギルドやダンジョンのことを軽く教えてやれ」

「またずいぶん急な話ですね……」

「なんだ、嫌か」

「まさか、そんなわけありませんよ。ちなみに市長の伝手とのことですが、彼らを私のパーティに勧誘しても？」

「無論、それは貴様の自由だ。好きにせい」

「ならば喜んで」

と、ロイドと呼ばれた冒険者が、ぼくへ手を差しだしてきた。

「初めまして。私はロイド。『連樹同盟(れんじゅどうめい)』というパーティーのリーダーをしている者だ。えーと……」

「……セイカ・ランプローグです。どうも」

ぼくはその手を握り返す。

「ランプローグ……確か、遠方の伯爵家だったかな」

「ええ、まあ」

「詳しい事情は訊かないことにしよう。それが、この街のマナーだからね。君たちも他の冒険者と親しくなる機会があったら、このことを思い出してほしい」

と言って、ロイドは柔和な笑みを浮かべる。あまり冒険者らしくない笑みだった。

サイラスが大きな声で言う。

「セイカ・ランプローグよ。この街で暮らしていくには、何よりこの街に受け入れられることだ」

「……それは、郷に入っては郷に従え、という意味ですか？」

「いんや、従う必要などない。貴様がこの街を変えてしまってもいい。ラカナは、そうやってこれまで続いてきたのだからのぉ」

「……」

「ま、意味はいずれわかろう。他にわからないことがあれば、そいつに訊け。なんでも喜んで教えてくれるぞ。素材の剝(は)ぎ取り方に、掏摸(スリ)を半殺しにするコツ、それと、具合のいい娼館とかな。カッカ！」

「その冗談、妻の前ではやめてくださいよ」

二人のやり取りに、ぼくは小さく嘆息して、口を開く。

「なら、早速一つ訊きたいのですが」

せっかくだ、この機会に教えてもらおう。

「どこか、いい宿は知りませんか？」

◆　◆　◆

市庁舎を出て、ぼくら四人は街を歩いていた。

夕暮れ時が近づく時間帯だが、開いている店が多く、街路は人で賑わっている。

住民の気質なのか、ロドネアや帝都やランプローグ領と比べても、飛び交う言葉は荒っぽい。

「はぁ～、でも、なんとかなりそうでよかったね！　あの冒険者の人も、いい人そうだったし」

歩きながら、イーファが弾んだ声で言う。

「ふん……ダンジョンのことなら、あたしだって詳しいのに。ギルドのことだってよくわかってるわよ、ママが支部の幹部なんだから！　あの男に教えてもらうことなんてなにもないわよ、まったく！」

「でも、アミュに教えてもらうのは、なんか不安」

「なによ」

どこかすねたようなアミュと、メイベルが言い合っている。

ぼくらは三日後、あのロイドという冒険者に、ダンジョンの一つを案内してもらうことになっていた。

悪くない展開だった。まだ右も左もわからない中、街の冒険者にいろいろと訊けるのはありがたい。

裏切られそうな気配もない。少なくとも、今はまだ。

「……」

案内を三日後にしてもらったのは、こちらからの提案だった。

街に慣れると共に、必要なものを買いそろえておきたい。幸い、手持ちにその程度の余裕はある。

それと……もう一つ、済ませておきたいことがあった。

「イーファ、メイベル」

ぼくは足を止め、先を行く二人を呼び止めた。

二人と、それから並んで歩いていたアミュも、こちらを不思議そうに振り返る。

ぼくは言う。

「君たちはロドネアに帰れ」

「えっ……」

「……どうして、セイカ」

戸惑うイーファと、睨むような視線を向けてくるメイベルに、ぼくはずっと考えていたことを告げる。

「君ら二人まで、こんな場所にいる必要はない」

街を見ていればわかる。

ここは治安がよくない。住んでいるのはその日暮らしの冒険者ばかり。余所でいられなくなった人間が、流れ着いては死んでいく、そんな街。

どこにも行けなくなった者たちの、最後の地だった。

「学園に戻るんだ。あそこにいた方が、君たちはずっといい暮らしが送れる。フィオナや学園長が、きっと便宜を図ってくれるはずだ。ぼくとアミュの事情に……無闇に付き合うことはない」

「嫌」

そうきっぱりと言ったのは、メイベルだった。

「セイカ。約束、忘れたの」

「約束……？」

「私を、商会の刺客から守ってくれるって、約束」

「それは……だが、君はもう、本当はそんな心配なんて……」

「私は、忘れてない。だから、そばにいる。私を助けた責任を、ちゃんと取って」

「メイベル……」

「それに」

メイベルは、付け加えるように言う。

「まだあなたに、恩を返してない」

沈黙の後、ぼくは小さく息を吐いた。

「わかったよ……。だが、イーファ。君だけでも帰れ。せっかく成績がいいんだ、学園を卒業すれば、君は何にでもなれる。秋にはぼくが後見人になって、自由身分をあげるよ。だから……ぼくらに無理に付き合って、人生を無駄にするな」

「……ね、セイカくん。覚えてる？」

静かに聞いていたイーファが、不意に小さく笑って言った。

「学園に行く、一年くらい前だったかな。お屋敷の庭で、怪我をしたカーバンクルを見つけて、セイカくんから炎の幽霊をもらった日のこと。あの時、セイカくんにここから出て行きたいか、って訊かれて……わたし、答えたよね。出て行きたい、って。いろんなところに行って、いろんなものを見てみたいんだって」

「……ああ、覚えてるよ」

忘れるはずもない。長く生きたぼくにとっては、つい最近の出来事だ。

あの答えを聞いたからこそ、この子を連れ出してみようと思った。仲間が欲しいという事情ももちろんあったが……かつての弟子たちと同じように、きっと何かを成せる人物になるだろうと。

イーファは言う。

「旦那様の領地を出てわかったよ。わたし、けっこう恵まれてたんだね。お仕事もあんまり大変じゃなかったし、お腹いっぱい食事ももらえたし、部屋もあったかかった。だけど……それをちゃんとわかってても、たぶんあの時、セイカくんに同じこと答えたと思う」

「……」

「お屋敷での生活よりずっと大変になるかもしれないけど、それでも……自分自身で、生きる場所を選んでみたかったの。ずっと、自由になってみたかった。この街は好きだよ。ちょっと怖いけど、みんな自由に見えるから。だからね、セイカくん……わたしも、冒険者になってみたい」

「……君が思っているほど、ここでの生活はいいものじゃないぞ。彼らに自由なんて、実際のところほとんどない。どこにも居場所がないからここへ流れ着き、他に方法がないから、やむをえず暴力の世界でその日暮らしをしているだけだ。学園にいた方が、本当の意味で自由になれる」

「ううん、そうじゃなくて」

イーファが、首を横に振る。

「えっとね。たぶん、セイカくんは知らなかったと思うけど……わたしのお父さんとお母さん、それと旦那様は、昔冒険者をやってたんだって。三人で、パーティーを組んで」

「……へっ、何それ⁉」

思わず素で驚く。完全に初耳だった。

「ほ、本当にか？」

「うん。昔、お母さんから聞いたの。お父さんが前衛で剣士で、お母さんと旦那様が後衛だったって」

「ブレーズ……いや父上は、当然魔術師だよな。イーファのお母さんは、なんの職業だったんだ……？」

「弓手だって」

「嘘だろ……」

全然イメージできなかった。

イーファの母親のことは病気で死ぬ前に知っていたが、美人でおっとりした人で、とても弓を引いていたようには見えなかった。

エディスはまあ、ギリギリわからなくもないが……ブレーズがそんな野蛮なことをしている姿も、今ではまったく想像できない。

「本当に短い間だけだったみたい。旦那様がお屋敷から、お父さんが奴隷主のところから、お母さんが人攫いのところから逃げ出して……三人が出会って、最後に旦那様のお屋敷にみんなで帰るまでの、短い間。でも……話してるお母さんは、すごく楽しそうだった。ね、セイカくん。あの日、わたしが広い世界を知りたいって言ったのはね……冒険してみたい、って意味だったんだよ」

「イーファ……」

「あと、セイカくんは忘れてると思うけど」

イーファが、はにかむように笑う。

「わたし、セイカくんの従者だから！　一緒にいるよ。それがお仕事だもん」

ぼくが、言葉をなくして立ち尽くしていると……最後に、アミュが口を開く。

「セイカ。あたしがこんなこと言うのは、違うかもしれないけど……本当はセイカだって、学園に戻れるのよ」

「……何言ってるんだ、そんなことできるわけないだろ」

「できるわよ。あんたのことは、フィオナが隠してくれてるんだから。追っ手がつくのは、勇者のあたしだけ。そうでしょ？　あんたは学園の生徒に戻って、普通に生活できる。でも、あんたのことだから……あたしがどんなに帰れって言っても、ここに残るつもりなのよね」

「……当たり前だ。自分の始末は自分でつける」

「それなら、みんなでがんばりましょうよ」

アミュが、そう諭すように言う。

「あんただけの世話になるっていうのも、なんだか不公平な気がして収まりが悪いわ。それに二人がいた方が、やっぱり心強いし」

「そうだよ、セイカくん。みんなでがんばろ？」

「セイカ」

三人に見つめられ、ぼくは……目を閉じ、それから小さく息を吐いて答えた。

「……わかった」

さすがに、そうまで言われてしまっては止められない。

ただ喜ぶ彼女らに、一応釘を刺しておく。

「だが、無理はするなよ」

「そんなの、みんなわかってるわよ！」

と言われ、アミュに肩の辺りを叩かれる。

正直、不安だったが……久しぶりに見たこの子の屈託のない笑顔を見て、とりあえずは、これでいいかと思った。

紹介された宿は、少々高かったがなかなかの好物件だった。

部屋割りでは少し揉めたものの……結局ぼくが一部屋使い、女性陣三人で少し大きな部屋をとる形で収まった。

メイベルやイーファは、手持ちを考えて全員で大部屋一つとか、一部屋に二人ずつとかを主張していたが……さすがに勘弁してほしかったので却下した。ユキもいるし、見られたくない作業もあるし、それ以前にいくらなんでも気を使う。

翌日から、街を見回ったり必要な物を買い揃えたりしていると、約束の三日後はあっという間にやって来た。

「ここは『彷徨い（さまよい）の森』というダンジョンだ」

隣を歩くロイドが説明する。

ぼくたちはロイドのパーティーと共に、朝方からこの森を進んでいた。

ロイドのパーティーは、前衛二人に後衛二人の四人構成。今は前衛にアミュとメイベル、後衛にぼくとイーファが入り、八人構成となって進んでいる。

ロイド本人は、回復役として後衛に入り、ぼくの隣を歩いていた。どうやら前衛も後衛も補助もこなせる、万能な魔法剣士らしい。

ここは駆け出しの冒険者向けの森で、今日は事故が起こらないよう助けながら、ぼくたちにいろいろ教えてくれることになっていた。

ぼくは隣へ視線を向けながら訊ねる。

「ダンジョンというのは、地下にあるものだけを指すと思っていましたが」

「普通はそうだ。だがたいていの冒険者は、モンスターが出る森のこともそう呼ぶ。モンスターがまったく出ない、稼ぎにならない森と区別するためにね」

ロイドは朗(ほが)らかに続ける。

「この彷徨いの森は、分類としては南の山に属するダンジョンだ。街から近く、難易度が低いから初心者に向いているが、モンスターが少ないせいであまり稼ぎはよくないな」

「南の山に属する……というのはどういう意味です？」

「ラカナの周辺にあるダンジョンは、大きく三つの区域に分けられるんだ。北の山、南の山、東の山の三つにね。これらの山を中心に、それぞれモンスターの出る森や、地下ダンジョンが広がっている」

「へぇ……」

「君たちもこれからあちこちのダンジョンに行くと思うから、覚えておくといい。それぞれ少しずつ毛色が違うからね。ああ、ただ……北の山に属するダンジョンには、今は近寄らないでくれ」

「なぜです？　難易度が高いからですか？」

「いや、逆だ。十日ほど前から、モンスターがほとんど出現しなくなっているんだ」

「……」

ロイドは、やや参ったように言う。

「こんなことは初めてでね。何が起こるかわからないから、一応今は等級の高いパーティー以外、立ち入りを禁止している。北の山は元々効率の悪いダンジョンしかなかったおかげで、冒険者たちの稼ぎにそこまでの影響はないんだが……困ったよ」

「……そうなんですね。そういえばサイラス市長が、一部のダンジョンの難易度が上がっていると言っていたんですが……」

「ああ。南の山と東の山のダンジョンは、その代わりというのも変だが、出現モンスターの種類や数に変化があるようなんだ。ギルドも冒険者たちに、注意するよう呼びかけている」

「……そうですか」

実は少々、思い当たるふしがないでもなかった。

ただ今言っても仕方ないので、ぼくは黙って歩みを進める。

ロイドは説明を続ける。

「話を戻すが、この森に出現するのは主にリビングメイル系のモンスターだ。リビングメイルというのは……つまり、ああいうのだ」

ロイドが木々の先を指さす。そこに、二つの動く影があった。

それらは古ぼけた、騎士の全身鎧（ぜんしんよろい）に見えた。

輝きの失せた金属をがしゃんがしゃんと鳴らしながら、覚束（おぼつか）ない足取りで森を歩いている。

人間でないことは、片方の兜（かぶと）が、中身の頭ごとないことからすぐにわかった。

「彷徨う鎧、とも呼ばれる。このダンジョン名の由来だな」

その時、二体のリビングメイルが、ぼくたちに気づいたようだった。

覚束ない足取りはそのままに、驚くような速さでこちらに近づいてくる。転ばないのが不思議だった。

ロイドは、顔色一つ変えずに話し続ける。

「リビングメイルは、見た目の通り硬い。特に、剣は相性が悪いな。だが……」

ロイドのパーティーメンバーである前衛二人が、その時前に出た。

筋骨隆々の女重戦士がハンマーを振り下ろすと、リビングメイルの一体を地面に叩き潰す。

もう一体が振り上げた剣を、僧兵（モンク）の蹴（け）りがへし折った。そのまま流れるように繰り出された掌打（しょうだ）が、鎧を吹き飛ばし、樹に叩きつけてバラバラにする。

「と、このように打撃系の攻撃には弱い。魔法なら土属性がいいだろう」

ロイドが平然と説明する。

前衛二人も、余裕そうに談笑を交わしている。本当ならこんな低レベルダンジョンには来ないような、実力のある連中なんだろう。

ぼくは呟く。

「なるほど。魔法の属性以外にも、モンスターには弱点と呼べるものがあると……」

考えてみれば当たり前か。そういえば自分でも毒とか使ったし。

「でも、前衛が二人共打撃系とは変わったパーティーですね。それとも冒険者では珍しくないんですか？」

「いや、珍しいよ」

ロイドが笑いながら言う。

「冒険者は、やっぱり剣を使う者の方が多い。それに打撃が効きにくいモンスターもいるから、バランスもよくないね。ただ……最初に行くならこのリビングメイルの森がいいと思ったから、二人には今日のために声をかけたんだ」

「今日のために……？」

ぼくは首をかしげる。

「このパーティーは、あなたの普段のパーティーではないんですか？」

「うーん……なんというか」

ロイドが困ったような顔をする。

「皆、私のパーティーメンバーであることは間違いない。ただ、この組み合わせは初めてだな。

特に私自身は、もうダンジョンに潜ることがほとんどなくなってしまったからね。どうしても雑務に忙殺されてしまって……本当は、体を動かす方が好きなんだが」

冒険者が雑務に忙殺……？

疑問に思っていると、ロイドが上に目を向けて言う。

「そうそう。この森には、もちろんリビングメイル以外のモンスターだって出る。スライムやマンドレイク、それに……」

その時、ロイドの傍らにいた弓手が弓を引いた。

放たれた矢は、樹の上にいた猿型のモンスターを正確に貫き、射落とす。

かなりの強弓だったようで、鏃は緑色の猿の背を抜けていた。

「こういうキラーエイプだね。あまり数はいないが、すばしっこくて危険だから他の森でも気をつけた方がいい」

弓手はつまらなさそうな顔をしていて手柄を誇る様子もなく、ロイドも特に称賛したりしない。

なかなかの腕だと思うのだが、彼らにとってはこの程度は当たり前のことなのだろう。

と、そこで、ロイドが革手袋とナイフを取り出す。

「キラーエイプは毛皮と長い爪が素材になるが、正直大した値段では売れない。今日は魔石を回収するだけにしよう」

と言って、ロイドはおもむろに、ナイフで緑の猿の腹を割いた。

心臓の近くにあった赤い石を革手袋で摘まみ取ると、死体が急激に干からびていく。

血に濡れた石を軽く布で拭くと、ロイドはそれをぼくに見せた。

「これが魔石だ。モンスターによっては、このような石を体内に持つことがある。獣型のモンスターが多いかな。アストラルやスケルトンのようなモンスターにはほぼ見られない。それと同じキラーエイプでも、個体によってはなかったり、小さいこともある」

「これは、鉱物の魔石とは違うものですか?」

「一応、別の物だ。ただ魔道具の材料になったり儀式の触媒に使ったりと、用途はほぼ同じだね。だから同じく魔石と呼んでいる。専門家に言わせれば、細かな違いはあるのだろうが」

「なるほど」

二枚貝から採れる真珠や、鯨から採れる龍涎香と似たものだと思えばいいだろうか。

学園の講義で少し触れていたものの、こうして採取するところを見たのは初めてだった。

ロイドはキラーエイプの魔石を革袋に仕舞うと、立ち上がって言う。

「さて、後衛の君たちには素材運びを手伝ってもらおうか」

視線につられ前方を見ると、女重戦士と僧兵が、動かなくなったリビングメイルの鎧を分解し、紐でまとめているところだった。二人の説明を、メイベルが興味深そうに聞いている。ただ初歩的なことなのか、アミュはどうも退屈そうだ。

「リビングメイルの鎧は金物を作る材料になる。この森で出るようなレベルの低いものだと質はあまりよくないが、それでもキラーエイプの爪よりはよほど高く売れるよ。背負えそうかい？」

女重戦士が持ってきた二つの鎧を、ぼくとイーファで背負う。

気功術のおかげで見かけ以上に力のあるぼくはもちろん、小さい頃から屋敷で洗濯や掃除をこなしていたイーファも、特に問題はなさそうだった。

「大丈夫そうだね。前衛の子二人の方がきっと力はあるんだろうが、動きを妨げるといけないからね」

「でもこれ、後衛二人で二個が限界なんですが……。この鎧二つで、冒険一回分の採算がとれるんですか？」

「四人パーティーの一日の食費に、ギリギリ足りるくらいかな」

ロイドががっかりするようなことを言う。

宿代ほか諸々を考えると完全に赤字だった。

「だから先に魔石を集めるとか、朝早くから何度も行くとか、何か工夫が必要になるね。手持ちがあるのなら、一番いいのはアイテムボックス持ちの運搬職（ポーター）を雇うことだ。リビングメイルを狩る時、余裕のあるパーティーはだいたいそうする」

「アイテムボックス？　それに、運搬職（ポーター）とはなんですか？」

「運搬職（ポーター）は、文字通り素材運び専門の冒険者だ。パーティーに属さず、フリーで仕事を請け負っている者も多い。アイテムボックスとは……一言で言えば、ここではない別の空間に、物品を収納することができる魔法だな。普通の魔法とは違う、特別な才能が必要な能力だが、これを持つ運搬職（ポーター）は普通のパーティーでは運びきれないほどの素材を運べる。もっとも、そういう者は戦力の面では役に立たないことが多いけどね」

「ほう！」

ぼくは少し興味を持った。

もしかしたら、この世界にも位相を開く魔法があるのか。

前世ではだいたいの呪術体系にこの技術があったが、こちらに来てからは聞いたことがなかったし、学園でも習うことはなかった。しかし、話しぶりからするとそうとしか思えない。

特別な才能が必要、というのがちょっと気になるが……。

と、その時。歩みを進めるパーティーの前方に、またしても二体のリビングメイルが現れた。

「ちょうどいい。君たちの前衛二人で相手してみるかい？」

「……だ、そうだ。メイベル、アミュ」

「わかった」

「……はあ」

素直にうなずくメイベルとは対照的に、アミュはめんどくさそうに溜息をつく。

「斧と剣では少し相性が悪いかもしれないが、動きは鈍いからあまり心配はいらないよ」

「いえ、別に心配はしてないですが」

ずがんっ、という轟音が森に響き渡った。木々から鳥が飛び立っていく。

見ると、メイベルが振り下ろした戦斧の先で、リビングメイルが真っ二つになっていた。

戦斧を担ぎ直したメイベルが、首をかしげて言う。

「あんまり硬くなかった」

唖然(あぜん)とするロイドのパーティーの前で、アミュが呆れたように言う。

「あんたねぇ。胴体真っ二つにしたら運びにくくなるし、買い取り価格も下がるでしょーが。こういうのはもっと綺麗に倒すもんなのよ」

「む……じゃあ、アミュがやってみて」

アミュは無言で残る一体に踏み込むと、ミスリルの杖剣を一閃(いっせん)する。

胴の隙間から剣先を突き込まれたリビングメイルは、それだけで糸が切れたようにバラバラと崩れた。

微かに光の灯った杖剣を、アミュが振る。

「こいつ、こう見えてもアンデッド系のモンスターなのよ。だから光属性を付与する支援魔法(バフ)とかで簡単に倒せるの」

「私、光属性使えない」

「あんたは武闘家の真似事もできるんだから、次からはぶん殴(なぐ)ったら？」

二人のやり取りを見ていたロイドが、呆気にとられたように言う。

「いやすごいな……もしかして、余所で冒険者をやっていたのか？」

「アミュはそうですね。メイベルもまあ、そのようなものです」

そこでふと、ぼくは樹上を見上げる。

葉の茂る太い枝に、先ほどと同じ緑色の猿が現れていた。

「ところでまたキラーエイプがいるようですが、あれもこちらでやりますか？」

「倒せそうかい？　ならやってみるといい。ダメでも助けてあげるよ」

「それじゃあ……イーファ」

「う、うん」

イーファが、微かに視線を左右に振った。まるで、そこに浮かんでいる何かに目を向けたかのように。

次の瞬間、宙空から一抱えもありそうな岩が撃ち出された。

岩はキラーエイプに直撃。そのまま進路にある太い枝を何本もへし折って、空へすっ飛んでいく。

少し経って、遠くの木々の間に岩が落ちるガサッ、という音が聞こえた。

枝が落ち、やや明るくなった森の中で、イーファがはっとしたように言う。

「あっ、ご、ごめんなさいっ。これだと、素材が回収できないですよね……。火だと危ないから……次は水か、風属性にします」

パーティーに沈黙が降りる中、ロイドが愕然（がくぜん）としたように言う。

「今のは……まさか、森人（エルフ）の精霊魔法か？　だが、見たところ半森人（ハーフエルフ）でもないようだが……」

ラカナには亜人も多いためか、ロイドは森人（エルフ）の魔法について見知っているようだった。

説明が面倒だったので、ぼくは外面だけの笑みを、呆然とする面々に向けて言う。

「まあ、この子にもいろいろありまして。あまり訊かないでもらえると助かります。それが、ラカナでのマナーでしたっけ？」

それからしばらく森の中を進んだ一行だったが、日が高くなってきた頃、ロイドが足を止めて言った。

「そろそろ戻ろうか」

「え、もうですか？」

まだ大してモンスターを倒してない気がする。

そんな感情が顔に出ていたのか、ロイドが苦笑して言う。

「これでも予定よりはだいぶ倒したよ。それに、冒険には帰りもあるからね。野営を考えないなら、体力の余裕があるうちに引き返すものだ」

そういうものか。

言われてみれば一理ある。やっぱりこういうことは専門家に聞かないとわからないな。

と、その時。森の向こうに目を向けたイーファが、ぼくに話しかけてきた。

「ね、セイカくん。あれなにかな……？」

「ん……？」

視線の先を見ると……何やら、ぶよぶよと気味悪く膨らんだ巨大な果実が、地面から生えていた。

　樹に生(な)っているわけでもなく、葉の一枚すらもない一本の蔓(つる)が地面から伸びて、果実をぶら下げている。

「ああ、あれは呼び寄せ(コーリング)トラップだね」

　明らかに不自然な植物だった。

　ぼくらのやり取りに気づいたロイドが、後ろから言う。

「何ですか？　それは」

「ダンジョンのトラップの一つに、周囲のモンスターを大量に引き寄せるものがある。そういうものを呼び寄せ(コーリング)トラップと呼ぶんだ。地下ダンジョンだと偽宝箱の形で、開けると大きな音が鳴り響くが、森だとあんな形をしている」

「じゃあ、植物ではないんですか。触れるとどうなるんです？」

「強いにおいのする液体が飛び散って、それがモンスターを引き寄せることになる。もっとも、少し触れたくらいで破裂することはないけどね」

　うへぇ、最悪だ。

「そうだ、試してみるかい？」

「えっ……？」

　とんでもないことを言い出したロイドを、ぼくは見つめる。

「いや、そんなことしたら……」

「心配ないよ。元々、この森はモンスターが少ないからね。大した危険はない。それよりも、いざうっかりトラップを踏んでしまった時に、パニックになる方が怖い。こういうのは試せる時に試して、慣れておいた方がいいんだ」

「うーん……」

どうも不安だったぼくは、ちらとアミュの方を見た。

アミュは、ぼくの懸念を感じ取ったように言う。

「大丈夫よ。レベルの低いダンジョンだし、こっちは八人いるからね」

「そうか……じゃあ、試してみようかな」

「よし。殲滅は、もちろん私たちの方でも手伝おう。皆、用意を」

ロイドの声に、女重戦士に僧兵、弓手が、各々すばやく戦闘態勢を敷く。

「においが付くと面倒だ、矢で割ろうか」

「いえ、大丈夫ですよ」

弓手が矢をつがえる前に、ぼくはヒトガタを飛ばし、果実へと貼り付けた。

《陽の相――薄雷の術》

陽の気により、ヒトガタに小規模な稲妻が流れる。

バチッ、という音と共に火花が飛んで、奇怪な果実が破裂した。

撒き散らされた汁が、周辺の草葉を汚す。

「うっ」

　ぼくは思わず鼻を押さえた。なかなか強烈な臭気だ。

効果は、ほどなくして現れた。

木々の合間から一体、茂みの陰からまた一体と、リビングメイルが続々と集まってくる。

どこにそんなにいたのか、周りはあっという間に鎧だらけになってしまった。

「ちょっと、これ多くない？」

アミュが少し焦ったように言う。

ロイドも、緊張の滲んだ声音で呟く。

「妙だな、なんだこの数は……。仕方ない。皆、陣形を整えろ。君たちも、荷物はいったん捨てなさい。いざとなったら逃げることも……」

「あー、いえ、大丈夫です。このくらいなら」

「な、何……？」

困惑したようなロイドを余所に、ぼくはヒトガタを飛ばす。

どうやら、この集まり具合は彼としても予想外だったらしい。やっぱりこういう呪物の類は、安易に試すものではないな。

四方に飛ばしたヒトガタの位置を調整する。この術を実戦で使うのは、そういえば初めてかもしれない。威力はまあ、適当でいいか。

　ぼくは両手で印を組む。

《木火土の相――震天華の術》

次の瞬間、森に爆音が轟いた。

術と同時に白い煙が濛々と発生し、辺り一面を覆っていく。

「ゲホッ、ゲホッ！」

「み、耳がーっ！」

周囲からはそんな声が聞こえてくる。

ぼくもげほげほと咳き込みながら、慌ててヒトガタで煙を晴らしていく。

「あ、あんた、なにしてくれてんのよ！」

「わ、悪い悪い」

アミュに平謝りする。

さすがにちょっと、火薬の量が多かったか。この術、どうしても音と煙がひどいんだよな。

ようやく煙が晴れ、辺りを見回すと……周囲はなかなか壮観な景色となっていた。

「なっ……！」

「リ、リビングメイルが……」

集まってきていたリビングメイルは、すべて崩れ、ただの鎧へと変わっていた。

鎧の各所に開いた穴が、術の威力を物語っている。

硫黄に木炭、それに硝石。これらを適量混ぜて火を付けると、激しい爆発が起こる。《震天華》は、宋で見知った火薬というものを作りだし、石礫を飛ばすだけの単純な術、なのだが……めちゃくちゃな威力だ。これが呪いなしでも実現できるというのだから恐ろしい。

もっとも、これを戦争で使うにはもっと改良しないとダメだろうな。音や煙がひどく、湿気に弱いし射程が短い。呪い(まじな)ですらこんなに使いづらいのだから、まだまだ工夫が必要だろう。

ま、それはそれとして。

ぼくはキョロキョロと森を見回しつつ、呆然と立つロイドに話しかける。

「モンスターは、もう寄ってこないようですね。呼び寄せ(コーリング)トラップの効果が切れたのか、それともこの煙臭さや爆音のせいかはわかりませんが……ひとまず、終わったと見ていいでしょうか」

「あ、ああ、そうだね。もう警戒を解いても……って、いやちょっと待ってくれ！」

ロイドが我に返ったように言う。

「い、今のは、君が？」

「ええ。少しやりすぎてしまいましたが」

「す、少し……？　あれは、魔法だったのか？」

「そうですね」

「……あんなもの、見たことも聞いたこともない。今のは、どういう魔法なんだ。君はいったい……」

口をつぐんだまま曖昧(あいまい)に笑うぼくを見て、ロイドは息を吐く。

「……詳しいことは訊かない。私自身が言ったことだったね」

「助かります」

「よし。では今日のところは、ここで引き返そう。この数の素材は惜しいが、我々では運びきれない」

「大丈夫です。お詫びと言ってはなんですが、ぼくが運びましょう」

ぼくはヒトガタを飛ばすと……短く真言を唱えて、空っぽの位相への扉を開いた。

そのままヒトガタを動かして、リビングメイルの鎧を空間の歪みへと吸い込ませていく。

口をあんぐりと開ける面々へと、ぼくはにこやかに説明する。

「ここまで黙っていましたが、実はぼく、アイテムボックス持ちでして」

「こ、これがアイテムボックスなわけないだろう！」

「えっ？」

ロイドの言葉に、動揺して思わず間抜けなことを口走ってしまう。

「これ、アイテムボックスじゃないんですか？」

ロイドが頭を押さえながら言う。

「少なくとも……私の知るアイテムボックス持ちの運搬職（ポーター）は皆、手で触れて物品を収納していた。あのような、景色の歪みに素材が吸い込まれていく様子など見たことがない」

「ぼ……ぼくは符術使いなので、アイテムボックスの仕様もちょっと変わってるんですよ」

「そういう問題でもない気がするが……ちなみに、容量はどのくらいなんだ？」

「よ、容量？」

ぼくは混乱する。そんなこと考えたこともなかった。

位相は情報が何もない、いわば空っぽの異世界だ。

理論上で言えば、もちろん収納上限はある。

だが、たとえ星一つ入れても限界なんてはるか先だろうから、使ううえで気にしたことなど一度もなかった。

戸惑いつつ答える。

「いくらでも入りますけど……」

「ないです」

「いくらでも？　まさか。限界を計ったことがないのかい？」

「……これまで、最大でどのくらいの物を仕舞ったことが？」

「ええと……」

思わず真剣に頭をひねる。

当然、前世の出来事になるが……。

「水をちょっとした湖一杯分、ですかね」

言ってから、これじゃ伝わらないかなと思ったが……どうやらそういう問題ではなかったようだ。

「なっ……ほ、本当に容量無限のアイテムボックス⁉」

「まさか、実在したなんて……」

ロイドのパーティーメンバーがざわついている。ロイド本人に至ってはもう、言葉をなくしているようだった。

……どうやらアイテムボックスというのは、ぼくが想像したようなものではなかったらしい。

「あんた、そんなこともできたのね」

アミュが呆れたように言う。

「もうあんたがなにしても、あたし驚かなくなってきたわ」

「なんていうか、これがセイカくんって感じだよね」

「慣れた」

女性陣の言いように、思わず乾いた笑いが漏れる。

もしかしたら……目立たないように生きるなんて、ぼくにはそもそも無理だったのかもしれない。

それから数刻後。

ぼくたちは無事、ラカナまで戻ってくることができた。

どうやら素材は冒険者ギルドで換金できるようで、一通りのやり方を教えてもらった。

位相から取り出したリビングメイルの鎧をすべて売ると、それなりの金額になった。

半分渡すと提案するぼくだったが、ロイドは首を横に振る。

「取っておきなさい。金は、今は君たちの方が必要だろう」

それから、ふと笑って言う。

「それに新入りの手柄を恵んでもらっているようでは、先輩冒険者として立つ瀬がないからね」

そういうことならと、ぼくはありがたく頂戴することにした。

実際、金は切実に欲しい。

「それで、君たちのこれからのことなんだが……」

ロイドが、真剣な表情で言う。

「よかったら皆、私のパーティーに入らないか？」

それは、特に意外でもない提案だった。サイラスと話していた時、ぼくらをパーティーに勧誘していいかとか言っていたから。

ただ、この話を受けるかどうか考える前に、確認しておかなければならないことがある。

「あんたのパーティーって、いったい何人いるのよ？」

ぼくが何か言う前に、同じ疑問をアミュが口にしていた。

生意気な口調を特に気にする風もなく、ロイドは答える。

「つい最近、百人を超えたかな」

「……！　どういうこと？　そんなにメンバー増やしてどうするのよ」

「ぼくは、冒険者の事情についてあまり詳しくないんですが……それでも、普通のパーティーが四人から六人ほどの編成であることは知っています。入る入らないの前に、あなたの『連樹同盟』がどういうパーティーなのか説明してもらえませんか？」

「もっともだな」

ロイドがうなずいた。

立ち話もなんだからということで、ぼくたちは冒険者ギルドの中にある酒場に来ていた。

少し早い夕食をご馳走してくれるということなので、もちろん文句などあるはずもない。

注文した料理が運ばれてくるよりも先に、ロイドが口を開く。

「君たちは幼い頃、冒険者にどんなイメージを持っていた？」

「……」

皆が口をつぐむ。

ぼくの場合は前世の記憶があったから、流れの武芸者と同じような、要するにろくでもない職業だと思っていた。アミュやメイベルだって、その生まれや境遇から、別に冒険者に夢を持っていたわけではないだろう。

となると……、

「自由で……みんなに感謝される、そんな職業だと思ってました」

一番ありがちな答えを口にしたイーファに、ロイドはうなずく。

「ああ、私もそう思っていた。子供の頃はね。だが、今はもう君たちも知っている通り、冒険者はそれほど輝かしい職業ではない」

運ばれてきた料理が置かれるのを待って、ロイドが続ける。

「自由ということは、何にも守られないということだ。弱くても誰も助けてくれない。生き残るために必要な情報を、わざわざ教えてくれる人などいない。もしも冒険に出られないような体になってしまったら、路上に座り込む余生が待っている。どんな一流の冒険者でも、それは変わらない」

ロイドは、料理の前で力ない笑みを浮かべる。

「私が最初に組んだパーティーで、今生き残っているメンバーは私だけだよ」

それは、きっとよくある話なのだろう。いや、生き残っているメンバーがいるだけ、マシと言うべきか。

「悲劇でもなんでもない、これが冒険者の普通だ。だが……私はそれをなんとかしたくてね。学のない頭で必死に考えた。そこで出た結論が、『連樹同盟』という超大規模パーティーを作ることだった」

「……」

「寄る辺のない冒険者たちでも、仲間とだけは助け合う。その輪を広げたいと思ったんだよ」

「要するに」

ぼくは言う。

「あなたのパーティーは、実態としては冒険者たちの互助組織のようなものだと？」

「いいや、違う」

ロイドは首を横に振る。

「そんなに緩い繋がりではない。文字通りの〝パーティー〟だよ。新入りには同じ職種の教育係がついて、立ち回りや技能を教える。危険地帯の情報やパーティー崩壊が迫った事例は、共有して皆で気をつける。だからたとえ急造の組み合わせであっても、誰もが実力を発揮できる。私にとって今日組んだパーティーは初めてのものだが、アダマントメイルやミスリルメイルの出るダンジョンにだって、問題なく行けたと思うよ」

「……なるほど」

ぼくは、少し考えて言う。

「つまり、パーティー全体を軍のように組織化して、生存率や冒険の効率を上げよう、ということですか」

「あくまで冒険は少人数単位で、組み合わせもメンバーの自由だが……そうだね。そういう理解で構わない」

「では最終的な目標は、各人の個性によらず、能力をできる限り均質化することですか？」

この指摘は思いもよらなかったようで、ロイドがわずかに目を見開いた。

「無論、第一の目的はあくまで生存率向上だが……結果的に、そういうことになってしまうだろうか」

「でしょうね」

軍、というかあらゆる大組織は、個性などという曖昧なものに期待しない。決まった教育を施した人員を、決まったルールで運用して、望んだ結果を得る。それが組織というものだ。

ぼくは続けて訊く。

「ここからさらにパーティーメンバーが増えていくと、ほどなくあなた一人で管理できる限界を迎えるでしょう。そうなったらどうします？」

「パーティーをいくつかの単位に分け、それぞれを信頼できる部下に任せようと思っている。もうすでにその準備を始めているよ」

「すばらしい。お手本のような組織運用ですね」

にこりともせず言うぼくに、ロイドは明らかな愛想笑いを浮かべる。

「貴族の生まれである君にそう言ってもらえると、勉強した甲斐があったよ。それで、どうだろう？」

ロイドが続けて言う。

「私の『連樹同盟』は、ギルドの格付けで準一級。ラカナでは第二位のパーティーだ。帝国全土を見ても、我々以上のパーティーなど数えるほどしかないだろう。メンバーには装備の手配や情報の共有など、十分な援助を行える。怪我をした際の融資や、もしもの時は他の職を斡旋する用意もある。組み合わせも強制しない。君たちだけでダンジョンに潜るなら、それでもいい。戦力や金銭面でいくらか協力を頼むことはあるが、それ以上にメリットがあると約束しよう。だから……我々のパーティーに入らないか？」

「お断りします」

ぼくの即答を、ロイドは特に意外にも思わなかったようで、表情を変えずに訊き返してくる。

「そうか。理由を訊いても？」

「想像がついているでしょうが、こちらはいろいろと訳ありでして」

追っ手が付くかもしれない立場だ。どこかのパーティーに属するなど、互いのためにならない。部外者とは距離を置いておく方が賢明だろう。

ロイドは平然と言う。

「訳ありでない者の方が、この街では少ないさ。気にすることはないと言っても……君は聞かないだろうね」

「ええ」

「なら、もう一つ教えてくれ。仮に君たちに厄介な事情がなかったとして、私のパーティーに入ろうと思ったかい？」

ぼくは一瞬目を閉じて、静かに首を横に振った。

「いいえ」

「そうか……。やはりすでに実力のある者にとっては、『連樹同盟』は魅力に乏しいかな」

「駆け出しに比べればそうかもしれませんが、ぼくの場合はそれが理由ではなく……ただ、その理念に共感できないだけです」

ぼくは淡々と言う。

「人間、いろいろな者がいます。同じ教えで、同じく育つ者ばかりじゃない。一癖も二癖もある冒険者たちへの教育が、そう簡単にいくとは思えません。方針が合わない者だってたくさん現れるでしょう」

ぼくの弟子にも、いろいろな子がいた。

同じく教えたにもかかわらず、占いが得手になった者、呪術が得手になった者……あるいは、計算が得意になった者、弁論術に長けた者、剣の道に進んだ者もあった。

人に何かを教えるということは、思った以上に難しい。

何十年も考えて、結局最期のその時まで、ぼくはよくわからないままだった。

ロイドは面食らったように言う。

「それは……そうだろう。だが彼らにしてみれば、何も教わらないよりはずっといいじゃないか。ベテランなら誰もが知る単純な危機の予兆を、ただ知らなかったせいで死ぬ新入りの冒険者がどれだけいると思う」

「ええ、その通りです。だからこれは、単にぼくの好き嫌いの問題ですね」

「それなら……」

「ただこの街にとっては、もしかしたら好き嫌いの問題では済まないかもしれませんよ」

ぼくは言う。

「与えられる環境に慣れると、人は必死さを失うものです。あなたのパーティーがこのままもっと大きくなれば、冒険者たちを、ひいてはこの街全体を弱らせかねない」

　ぼくの弟子でも、競い合う相手がいた子の方が、ずっとよく成長した。

　それこそぼくが教える前に、自分で書物を紐解いて工夫し、新たな呪いを生み出していたこともあった。

　競争のない環境は、人を鈍らせる。

「君も……そう言うのか」

　以前にも誰かに指摘されたことがあったのか、ロイドが苦々しげに呟く。

「そんなことを言えるのは……君がすでに強く、何もかもを得られる人間だからだろう。そうでない者の立場に立ってみろ。必死に生きろと右も左もわからないままダンジョンに放り出され、落伍すれば死ぬ競争をさせられる。そんな世界のどこがいい？　身近な者が突然その立場に落とされたとしたらどう思う」

「無論、競争などせずとも、皆が穏やかに生きていける方が理想でしょう。ただそれを求めるには、おそらくこの世界はまだまだ未熟すぎる」

「私はそうは思わない。ダンジョンの富は膨大だ。理想に近い状況だって、きっと実現できるはずだ」

　そう言って、ロイドは席を立つ。

「そろそろ行くことにしよう。時間を取らせてしまったね。支払いは済ませておくから、君たちはゆっくりしていくといい」

「そうですか。ご馳走になったうえに、偉そうなことをべらべらとすみません」

　ロイドは軽く笑って首を横に振る。

「いいさ。興味深い意見を聞けた。それに断られることだって元々多かったからね。ただ……これからは君たちだけでダンジョンに潜ることになるだろうが、気をつけてくれ」

　ロイドは表情を引き締めて言う。

「森でも言ったが、ここのところダンジョンで出現するモンスターの数や種類に変化がある。彷徨いの森でも、トラップで呼び寄せられるモンスターが多かった。古い情報は役に立たないかもしれないから、くれぐれも慎重に進むように」

「ええ、そうします。ご親切にどうも」

「それではね」

　そう言って、ロイドは去って行った。

　後ろ姿を見送ったぼくは、皿に目を戻し、肉叉で塩味のついた麺を掬い上げる。

　そういえば話ばかりだったせいで、あまり料理に手を付けられていなかった。ロイドも、それほど食べていなかった様子だ。

「……なんか、意外ね」

　ずっと黙っていたアミュが、スープを匙で掬いながら言う。

「セイカ、ああいう考え方には賛成しそうだったのに」

「そうか？」

「うん。セイカくん、困ってる人がいたら助けそうだから」

食事の手を止めて、イーファが仕方なさそうに笑った。

ぼくは料理に目を戻して答える。

「別に、そうでもない」

知人ですらない冒険者がどのように野垂れ死んだところで、ぼくには関係がない。

ただ……ロイドの思いも、理解できた。

見知った冒険者にあっけなく死なれるのは、いろいろと感じるところがあったに違いない。

超大規模パーティーというやり方も、たぶん有効だ。ぼくの言ったような懸念などはささいな問題だろう。

というか今思い返せば、前世でいくらか弟子を育てた経験があったばかりに、思わず小言を言いたくなっただけだった。ぼくがあの男のやり方にわざわざ反対する理由なんて、よく考えたら何もない。

ただ、それを自覚していても……あの場で肯定することはなかっただろう。

「でも、断ってよかった」

パンを千切りながら、メイベルが言う。

「親切な人に、迷惑はかけたくない」

そう、結局。

ぼくがあの男を遠ざけたのは、それが理由だ。

薄雷の術

陽の気によりヒトガタに電流を流す術。放電させることも可能だが、雷獣のように飛んでいく先をコントロールできない。

震天華の術

黒色火薬によって散弾を飛ばす術。硝石75%、木炭15%、硫黄10%の割合で混合すると、爆発性の高い粉末ができる。この黒色火薬は六世紀頃の中国、唐の時代に発明されたと言われているが、日本においては鎌倉時代までその存在が知られることはなく、セイカが見知ったのも宋に渡ってからだった。

其の三

それから二日後の朝。

ぼくたちは、とある地下ダンジョンの入り口に立っていた。

「ふっふっふ！　いよいよあたしたちの冒険が始まるわね」

腰に手を当てたアミュが、仁王立ちして言った。

ぼくは思わず指摘する。

「うっきうきじゃないか、アミュ」

「はあっ？　別に普通よ、普通！」

と言って顔を逸らすが、とてもそうは見えない。今だって微妙ににやにやしているし、昨日買い物をしている時も、行くダンジョンを決めている時も、終始はしゃいでいた。

そんなに楽しみにしていたのか……と思いながら、ぼくはダンジョンへの入り口、大きな洞穴に目をやる。

東の山の麓にあるこのダンジョンを、『浅谷の横穴』と言った。

名前の由来は単純で、浅い谷に開いている横穴だから。ひねりも何もない。出現するモンスターにも特筆するものはない、ごくありふれた初心者向けダンジョンだった。

アミュにとっては退屈な場所な気もするのだが……たぶん、この四人でダンジョンへ潜れるのが嬉しいんだろう。

年の近い者だけで冒険に行く機会なんて、きっとこれまでなかっただろうから。

「いい？　もう一回確認するわよ」

微妙にはりきった声で、アミュが言う。

「前衛があたしとメイベルで、後衛がイーファとセイカ。距離を空けすぎないようにね。陣形が崩れてきたらちゃんと声をかけること」

「アミュちゃん、それもうわかったから……」

「今さら確認する必要、ある？」

「こういうのちゃんとするのが大事なのよ！」

むきになるアミュに、ぼくも思わず言う。

「そんなに気負わなくても、こんなダンジョンだったら君一人でも行けそうなくらいじゃないか」

「……そんなの、あんたもじゃない」

そう言うと、アミュは少しすねたような顔をした。

「セイカなら……下手したら、ここにいたままダンジョンのモンスターを全滅させられるんじゃないの」

「できなくはないな」

ぼくは素直に答える。

「素材の回収を考えなければ、だけど」

「なんの意味もないじゃない、それ」

アミュが呆れたように言った。

そういう式を組めばなんとかなるかもしれないが……少なくとも、実際の作業をよく知らないままではそれも無理だ。

「しょーがない、やっぱり潜るしかないわね！」

「なんでちょっと嬉しそうなんだ？」

「べ、別に普通よ、普通！」

アミュは咳払いと共に言う。

「いい？　今日はあくまで動きの確認ね。最初から上手く動けるパーティーなんてないから。細かいところは実際に冒険しながら調整していきましょう。それじゃ、出発！」

アミュに続いて、メイベル、そしてイーファがダンジョンへと足を踏み入れる。

ぼくも、彼女らに続いた。

◆◆◆

ダンジョンは、ロドネアの地下にあったものよりもずっと広かった。

今のところ、出くわすモンスターはゴブリンやスケルトンなど、ありふれたものばかり。レベルもそう高くなく、ぼくたちは特に何の問題もないまま進んでいた。

「思ったんだけど」

アミュがぽつりと言う。

「あんたモンスター倒すのも上手いわね、メイベル」

「うん」

メイベルが、影魔法で動きを封じていたホブゴブリンの首を、戦斧で落としつつ返事する。

そのまま流れるように放った投剣が、近づいていた蝙蝠(こうもり)型モンスターを壁に縫(ぬ)い止めた。もがくモンスターの頭に続くもう一投が突き立ち、息の根を止める。

「モンスター退治の訓練も、やったことある」

二本の投剣をモンスターの死骸から引き抜きながら、メイベルが言う。

「あれはけっこう、たのしかった。みんなで協力したりして」

「あんたみたいなのが四人いたら、たいていのダンジョンは行けそうね」

アミュが呆れたように言う。

「重戦士で魔法も飛び道具も使えるやつなんて、普通いないわよ」

「む……私、重戦士枠？」

「斧使いなんだからそうでしょ」

「なんか、やだ。暗殺者(アサシン)とかがいい」

「そんなド派手な武器使う暗殺者がどこにいるのよ」

と、暢気(のんき)に言い合う二人だが実力は確かで、現れるモンスターを次々に処理していく。おかげで後衛であるぼくとイーファの出番は、基本的になかった。

さすがにもう少し手応えのあるダンジョンを選んだ方がよかったんじゃないか……などと考えながら進んでいると、突然ひらけた空間に出た。

力の流れを感じ、灯りのヒトガタを部屋全体に飛ばす。

次の瞬間、上方から影が飛来した。

予想していたのか、アミュとメイベルは余裕を持って躱す。影の羽ばたきによる風圧が、ぼくにまで届いた。

広い空間を飛び回るそれを見やる。

「あれは……マーダーバット、だっけ？」

巨大な蝙蝠型モンスターは、旋回して再びぼくらに狙いを定めたようだった。

うん、ようやく後衛の仕事が回ってきたな。

「よし、任せてくれ」

《木の相――杭打ちの術》

撃ち出された幾本もの白木の杭が、飛び回る巨大蝙蝠を刺し貫く。

だが、次の瞬間。

わずかに遅れて飛来した太い氷柱の群れが、マーダーバットの体へ突き立った。

そこへさらに火炎と風の刃が、瀕死のモンスターへと襲いかかる。

一瞬でぼろぼろになったマーダーバットが、力なく地面へ落ちた。

黒焦げで穴だらけの体は、もうぴくりとも動かない。

「ああっ、ごめんセイカくん！　被(かぶ)っちゃったね～……」

イーファが若干気まずそうに言う。

どうやらイーファの方も、とっさに精霊の魔法を使ったらしかった。

しかし、この子もなかなか容赦ないな……。

「や、やりすぎよ……火力過剰もいいところでしょ、これ……」

アミュがまた呆れたように言った。

確かに後衛の出番が来るたびにこの有様では、回収できる素材も回収できなくなる。なんとかした方がいいだろうな……。

「あれ、アミュちゃん怪我してない？」

イーファがふと気づいたように言う。

見ると、確かにアミュの頬には血が滲んでいた。さっきの攻撃を躱す際に、何かで切ったのだろうか。

「大変！　今治してあげるね！」

「いや、傷が残るとよくない。ぼくがやろう。だから髪の毛一本くれ」

「これくらい自分で治せるわよ……っていうか、回復職(ヒーラー)三枚ってどういう構成よ！」

アミュが頭を掻(か)きむしりながら言う。

「なんか、思ってたのと違うわね……」

◆◆◆

「あんたたちはね、一人一人できることが多すぎるのよ」

マーダーバットが一瞬で討伐された小部屋にて。

ぼくらはそろって、アミュに説教されていた。

もちろん、周囲にモンスターの気配がないことは確認済みだが……問題はそこじゃない。

「まずメイベル！　あんた投剣は控えなさい」

「む……なんで。それじゃ、暗殺者(アサシン)っぽくない」

「斧使いは重戦士だって言ってるでしょーが！　いい？　あんたは前衛なんだから、離れた敵は無理に狙わないの。投剣投げなきゃ倒せないような敵は、後衛に任せるのよ」

「でも、アミュもたまに、魔法使ってる」

「あたしだって前衛が処理する分しか狙ってないわ。それに投剣の場合、お金がかかるじゃない。あんたの重力魔法付きの馬鹿力で投げたら、刃だって傷(いた)むし、場所によっては回収できないこともある。投剣以上の素材を回収できないと赤字なのよ？　もっとコスト意識を持ちなさい」

「なんかいきなり、商人みたいなこと言い出した」

「同じようなものよ。仕入れ値がかからない代わりに、武器や防具にお金がかかるってだけ」

「……」

「絶対に投げるなとは言わないわ。でも、任せられる敵なら任せなさい。わかった？」

「……わかった」

メイベルが素直にうなずく。

ぼくもちょっと感心してしまった。案外考えてるもんだな。

「次！　イーファとセイカだけど」

今度はぼくらを見て、アミュは言う。

「あんたたちは、片方攻撃禁止ね」

「え、ええ～？　大丈夫なの、それ……」

不安そうに言うイーファに、アミュが答える。

「さっきも言ったけど、火力過剰なのよ。ボス相手でもない限りはどっちか一人で十分。素材も傷むし」

「そっかぁ」

「それで、片方は回復役に徹しなさい。回復職（ヒーラー）が専任でいるパーティーの方が、事故は起きにくいって言われてるわ」

「それなら、イーファが回復役に回ってくれ。ぼくが攻撃を受け持とう」

やはり自分が戦闘に参加できる方が何かと安心……と思っての提案だったが。

アミュは目を細めてぼくを見た後、少し置いて言った。

「うーん……ダメ」

「えっ」

「イーファが攻撃役ね。で、セイカが回復職（ヒーラー）」

「いやいやいやなんでだよ」

さっきまでどっちでもいいみたいな雰囲気だったのに。

「理由は三つあるわ。まず、あんたの魔法にはお金がかかること」

「呪符のことを言ってるのか？　投剣に比べたら紙の一枚程度大した値段じゃないぞ」

「ロドネアに比べたら、ここの紙は高いわよ？　近くに製紙所もないし。代わりに金属資源は取り放題だから、投剣の方が安いくらいかもしれないわね」

「……」

「これからのことを考えると、消耗品はなるべく温存した方がいいわ。それから、二つ目の理由だけど……あんたが攻撃役やると、肝心な場面であたしたちの仕事がなくならない？　危なくなったら、あんたなりふり構わず本気出すでしょ」

「そうかもしれないが……それの何が悪いんだ？」

「結局、あんたに頼り切りで冒険者生活を送ることになるじゃない」

「ぼくは、別にそれでも構わないが……」

「あたしたちが気にするのよ。面倒を見てもらうだけの立場じゃ、やっぱり居心地が悪いわ。それに、もしなにかあってあんたがいなくなったら、頼り切ってたあたしたちはどうなるのよ？」

「……」

「あんたがなんでもできるのはわかるわ。もしかしたら、この辺のダンジョンなんて、あんた一人で全部攻略できちゃうのかもね。だけど……そこまで強くなくても、冒険者はみんな、これまでうまくやってきたのよ」

「……」

「だからあんたも、あたしたちになにか任せなさい。それと、最後の理由だけど」

アミュが少し笑って言う。

「あんたが回復職（ヒーラー）として後ろにいてもらえた方が、やっぱり安心できるわ」

ぼくが言葉に迷っていると、イーファが意気込んで言う。

「セイカくん。わたし、がんばるよ」

「……わかった」

ぼくは静かにうなずいた。

それから、小さく笑って言う。

「じゃあ、弟子たちに経験を積ませるつもりで、見守らせてもらおうか」

「なによその、偉そうなの」

「セイカ、年寄りみたい」

「どういう立場なのそれ～」

ぼくは苦笑する。

いる。

その後も、ダンジョン探索は特に問題なく進んだ。

元々初心者向けのダンジョンだから問題なんて起こる理由がないのだが、アミュの指導の甲斐あってか、最初の頃にあった浮ついた様子も消え、皆落ち着いてモンスターに立ち向かえている。

ぼくの仕事は、ほとんどなくなってしまった。

軽い怪我は即席で作った呪符がすべて肩代わりするので、回復職(ヒーラー)としてやることはなく、せいぜいが灯りのヒトガタで視界を確保し、回収した素材を位相に仕舞う程度だ。

でも、これでいいかと思う。

彼女らが、自分たちでがんばりたいと言っているのだ。若者の成長を見守るのも年長者の役目だろう。もちろん、危なくなったらすぐ手を出すつもりだけど。

やがて十分に素材が集まった頃合いで、ぼくたちは引き返すことにした。

日はまだ高いだろうが、ギルドへ売りに行く時間も必要だ。初めてならこんなところだろう。

そういうわけで、ぼくたちは無事ラカナへと帰還し、その足で冒険者ギルドに向かった。

「素材の買い取りをお願いしたいのですが」

ギルドの窓口でそう言うと、受付にいた妙齢の女性が微笑(ほほえ)む。

「お帰りなさい。では、そこの台へ素材を置いてください」

ぼくは位相への扉を開き、回収した素材をドサドサと受付脇の台へと広げていく。

魔石や、スケルトンの持っていた剣など。大したものはないが、それなりの量の素材が台の上へ積み上がった。

受付嬢が目を丸くする。

「あら。運搬職(ポーター)の方でしたか。買い取りの素材はそれですべてですか？」

「はい……あ、いや、待ってください」

ぼくは扉を閉じてヒトガタの不可視化を戻すと、別のヒトガタを取り出す。

アミュがそれを怪訝(けげん)そうに見る。

「なに？　他にもあるわけ？」

「そうなんだ」

そう、もう一つ売る物があった。

ラカナへ訪れる前に捕まえた、鹿型モンスターの死骸だ。

すっかり忘れていた。何せいろいろあったから……。でも、あれはきっと高く売れるに違いない。

軽く真言を唱え、位相への扉を開く。

そして、ゴトッという重い音と共に、死骸がギルドの床に落ちた。

「なっ……⁉」

「きゃっ」

床へ鎮座するその物体に、受付嬢や、周りにいた冒険者たちが驚きの声を上げる。

「うおっ⁉」

ぼくはというと……、

「……へ？　なんだこれ？」

同じく目を丸くしていた。

それもそのはず。モンスターの死骸は、巨大な虹色の鉱物へと変わっていたからだ。

かろうじて鹿に近いシルエットをしているものの、どう見ても死骸ではなく、直方体の結晶が塊になったただの鉱物となっている。そういえば、角代わりに頭に生えていた魔石がこんな色をしていた気もする。

しかし……これはどういうことなんだろう？　あのモンスターは、死ぬとこうなるのか？

正直さっぱりわからない。

冒険者やギルドの職員なら知っている者もいるんじゃないかと、視線を巡らせるが……、

「これ、魔石か……？」

「おいこの色、上位魔石なんじゃないか⁉」

「まさか、これ全部が⁉」

……どうも期待はできなさそうだった。

受付嬢が、目を白黒させながらぼくに言う。

「しょ、少々お待ちを……」

　奥に引っ込んでしばらくすると、金槌（かなづち）と鑿（のみ）を持った職員を連れて戻ってきた。

　そして、申し訳なさそうにぼくへと説明する。

「鑑定に少し、お時間をいただくことになります。それと、魔石であるようですが……かなりの金額になると思われますので、代金をお渡しできるのは、おそらく後日になってしまうかと……」

「はぁ。それは構いませんが……」

　むしろ、なんでこんなことが起こったのかの方が気になる。誰か詳しい人はいないのかな。

　カンカン、という音が響く。ちょうどギルドの職員が、虹色の巨大な鉱物を鑿と金槌で割っているところだった。さすがに、丸のままじゃ鑑定できないのだろう。

　そして、鉱物の表面にひびが入った時——急に、猛烈な力の流れを感じた。

　ぼくは慌てて声をかける。

「あのっ、それもうやめた方が！」

「え？」

　ギルドの職員が、呆けた表情で振り返った、その時。

　鉱物のひびが広がり——すべてが砕け散った。

　そして、中から現れたのは……、

「うわあっ⁉」

「モ、モンスター⁉」

角代わりにあった魔石こそ消えているが、間違いない。あの時位相に封じたはずの、鹿型のモンスターだ。

四つ脚で立つ魔石の鹿が、頭を震わせる。

どう見ても生きていた。この世界のモンスターは、位相に耐えられないはずなのに。

「っ！」

ぼくが式を向けるよりも速く——鹿の蹄が、ギルドの床を蹴った。

床板を蹴破りつつ、さらに入り口の扉をも破壊して、外へと飛び出していく。

「待っ……いや速っ⁉」

後を追うようにして外に出ると、魔石の鹿は、すでに遠くの空で小さな点になっていた。

地面に穿たれた蹄の跡を見るに、すさまじい跳躍力で、一足にあそこまですっ飛んでいったらしい。

鹿のモンスターは高い建物の屋根でもう一度大きく跳躍すると、そのまま城壁の向こうへ消えていった。

呆然と立ち尽くすぼく。頭の上から、ユキが小さく顔を出して呟く。

「ま、まさか生きていたとは……なんともはや、すさまじい物の怪でしたね、セイカさま……」

「あ、ああ……この世界も広いな」

ぼくはそう答え、そして……恐る恐る、後ろを振り返った。

目に入ったのは、扉が完全に破壊されたギルドの出入り口。

「……」

ぼくはゆっくりと、静かに中へ戻る。

ギルド内は、静まり返っていた。

冒険者も職員も、皆唖然としていて言葉もない。アミュたちも同じであるようだった。

鹿に蹴破られた床板を見て、ぼくは青くなる。

まずいでしょ、これ……。

その時、床に残された魔石の殻が目に入った。中身が鹿だったせいで量はだいぶ減ってしまったが、まだかなり残っている。

「あのう……」

ぼくは愛想笑いを浮かべ、鹿の抜け殻を指さして言った。

「そこにある魔石で、弁償代に足りますかね……？」

◆◆◆

結論から言えば、全然足りた。

むしろ足りすぎたくらいだった。

あの鹿の抜け殻はすべてが上位の魔石だったらしく、扉と床代を弁償しても、ちょっとびっくりするくらいの額が手元に残った。おかげでいきなり生活に余裕が出てしまった。

しかしながら、ギルドの人にはめちゃくちゃ怒られた。

曰く、アイテムボックスにモンスターをそのまま入れるな、そしてギルドでそのまま出すな、と。

まったくもってその通りだったので、ぼくは平謝りするしかなかった。

ちなみに、あのモンスターのことは誰も知らないようだった。だが何が起こっていたかは、なんとなく想像がつく。

おそらくあの鹿型モンスターは、魔石の殻で全身を覆うことで、位相の過酷な空虚さを耐えていたのだろう。

獣で同じことをできるものはいまい。なるほどおもしろいモンスターがいたものだ。

というようなことを嬉々として語っていたら、アミュたちには呆れられてしまったが。

そんなわけでいきなりトラブルから始まった冒険者生活だったが、その後は順調そのものだった。

徐々に足を延ばす先を広げ、中堅向けのダンジョンでも安定して潜れることがわかってからは、そこが主な狩り場になった。

たぶんこの子らならば、もっと上位のダンジョンでも問題ないだろう。

だが無理をすることもない。

◆◆◆

そんな生活にも慣れてきた、ある日の冒険の帰り。

夕暮れ時の路上を歩きながら、アミュたちが話す。

「なんていうんだったかしら？　これから行くお店」

「『金糸亭(きんしてい)』だよ。高そうな名前だよね」

「たのしみ」

いい加減ギルドの酒場の味にも飽きてきたので、今日は別の店に行ってみようという話になっていた。

たまにはこのくらいの贅沢(ぜいたく)もいいだろう。

やがてたどり着いた金糸亭は、古そうだが格式のある、立派な店構えをしていた。

だが扉を開けて、ぼくは思わず眉(まゆ)をひそめる。

「ギャハハハッ！　オークみてぇなツラしやがって！」

「で、そのバカが死んでからよぉー……」

店内は、冒険者の客であふれかえっていた。

いくらか高い店ならガラの悪いのもいないかと思っていたが……考えが甘かったようだ。冒険者の街なんだから、稼げるタイプのごろつきだっていくらでもいる。

「……店、変えるか」

ぼくが呟くと、イーファとメイベルが賛同する。

「そ、そうだね……」

「うるさそう」

だが、アミュは首をかしげる。

「え、どうして？　ちょっと混んでるけど、いいじゃないこれくらい。今から別の店探すの大変よ？」

と言って、普通に店の中に入っていく。

仕方なく、ぼくらも慌てて後に続く。

空いている席を探して店の中を見回していると、ぼくらを見てあちこちのテーブルがざわめき出した。口笛を鳴らしているやつもいる。

おそらくあのうちの半分は、ぼくらのことを知っている連中だろう。モンスターを放ってギルドを破壊し、あっという間に中堅向けの狩り場に顔を出すようになった新入り四人パーティーは、すでに一部で有名になっていた。

だが、もう半分は……単に見目の良い若い女を見て、ちょっかいを出したくなっている連中だろう。

「おい、そこの赤髪！」

壁際のテーブルに座っていた、禿頭（とくとう）の小男が叫ぶ。

「こっちに来て俺様の相手をしろ！　なぁに、金は持っているからよぉ！」

と言って、下卑（げび）た笑い声を上げる。

こちらの世界では、女だから非力、とは限らない。

訓練次第で、魔力は身体能力に変えられる。たとえ少女だろうと、場合によっては大男をねじ伏せる。女の冒険者が決して少なくないのは、それが理由だ。

あの位置から、アミュの提げている杖剣が目に入らなかったはずはない。だからあれはきっと、度胸試しの冗談のようなものなのだろう。

これがあるから店を変えたかったのに……とゲンナリしていると、アミュが小男を鼻で笑って言う。

「あら、ゴブリンがなにか喋(しゃべ)っているわね。上位種かしら？　よく見たらハゲてるし」

酒場が爆笑で包まれた。

顔を歪めた小男が、椅子を蹴って立ち上がる。

「てめぇ言いやがったなッ！　言ってはならないことをッ！」

アミュはというと、嬉々とした表情を浮かべていた。

「酒場で喧嘩！　あたし一回やってみたかったのよね！」

「か、勘弁してくれ。出禁になるぞ」

あと物壊したら弁償しなきゃいけなくなる……！

どう止めようか迷っていた、その時。

「ランプローグ君か？」

聞き覚えのある、落ち着いた声が耳に入った。

思わず顔を向けると、仲間と共に酒場の一角を占めていたロイドが、柔和な笑みでぼくへ杯を掲げてみせる。

「最近調子がいいようじゃないか。どうだい、こっちで飲まないか」

ロイドがそう言うと、酒場が少し静かになった。

禿頭の小男も、小さな舌打ちと共に腰を下ろす。

穏やかそうな男に見えるが、さすがにラカナ第二位のパーティーの長ともなると、それなりに顔が利くらしい。

「え、ええ、ぜひ！」

渡りに船とばかりに返事をして、ちょっと残念そうなアミュを引っ張ってロイドの卓へと向かう。

他の者たちが詰めると、ちょうど四人分ほどの空きができた。

「いやぁ、助かりました」

卓につきながらそう言うと、ロイドが苦笑して言う。

「揉め事は勘弁してくれよ？　この店は結構気に入っているんだ」

「ぼくにそんな気はないんですが」

「……なによ。あっちが先に喧嘩売ってきたのに」

「揉めるなとは言わない。ただ、喧嘩は外でやってくれ。それもこの街のマナーだからね」

ロイドが平然と言う。

いや、マナーなのかそれは。

「久しぶりだねえ、嬢ちゃん！　みんな、酒は飲めるのかい？」

アミュの隣に座っていた、筋骨隆々の大女がにこやかに言う。リビングメイルの森で前衛を務めていた、鎚使いの重戦士だった。

アミュが少ししどろもどろになって答える。

「ま、まあ、普通にね？」

「わたし、飲んだことないです……」

「私も」

「ぼくもですね」

今生では、だけど。

「この店は火酒がおすすめですぞ」

僧衣を纏い、頭を丸めた男が言う。女重戦士と並んで前衛を担っていた僧兵だ。

「拙僧の故郷に伝わる秘酒に勝るとも劣らぬ……」

「バカ、いきなり蒸留酒なんて勧めるやつがあるか！　初めは果実酒にしときな。ここの酒はどれも旨いよ」

女重戦士が注文し、ほどなくして四つの杯が運ばれてくる。

口を付け、ぼくはわずかに目を見開いた。

「へぇ……」

「わ、おいしいよこれセイカくん！」

「甘い」

「！　ふ、ふーん」

てっきり葡萄酒かと思ったが、木イチゴか何かの酒のようだった。

甘い味付けをしているのか、飲みやすい。

アミュが一気に杯を呷ると、快活に笑って言う。

「あっはは！　いけるわねこれ！　すみませーんもう一杯！」

「おっ、いい飲みっぷりだねぇ」

女重戦士がアミュの背を叩く。

「今日の収穫はどうだった？　稼げたかい？」

「まあまあね！　今日行ったダンジョンは――」

アミュが上機嫌で答えると、周りの冒険者からも質問が飛んでくる。

どうやら皆、何かと話題だったぼくたちのパーティーのことが気になっていたらしい。

イーファとメイベルも楽しげに会話に参加する中、ぼくは時折相づちを打ちながら、静かにその様子を眺める。

「おい、聞いたかよ？　帝都の騒ぎ」

その時ふと、横手のテーブルから気になる会話が聞こえてきた。

ぼくは、二人の冒険者の会話に耳をそばだてる。

「なんでもめちゃくちゃ強ぇ魔族が、単身で帝城を襲撃したんだと」

「マジかよ、やべぇな……！　あの皇帝、ついにぶっ殺されちまったか？　まさかとは思うが、何百年前みたいな大戦でも始まるんじゃねぇだろうな」

「それがよぉ……その魔族、詫び入れて何もせず帰ったらしいぜ」

「は？」

「ぶっ壊した城壁も全部魔法で直して。行商人の話じゃあ、どこが壊されたのかもわからないくらいなんだとよ」

「なんだそりゃ。与太話か？」

「それが、宮廷が正式に布告してる内容らしいぜ。それに帝都の住人の中には、確かに先月の夜、ぶっ壊された帝城の城壁を見たってやつが結構いるそうだ」

「嘘くせぇ……どうせ仕込みだろ。あの皇帝、またなんか始めようとしてるんじゃねぇの？」

「ギャハハッ、そうかもなぁ！」

冒険者二人は笑い合い、すぐに別の話題に移った。聞き耳を立てていたぼくは……いたたまれない気持ちでいっぱいになる。

フィオナ……す、すまない……。

どうやら彼女は本当に苦労して、ぼくの起こした騒ぎを隠蔽(いんぺい)してくれたらしかった。こんな無理のある話を通すのがどれだけ大変だったかを想像すると、さすがに切なくなる。

これはいつか、あらためて詫びを入れるべきなのかもしれない。

「ちょっとセイカぁ！　聞いてるのっ？」

「えっ？　ああ、はいはい……」

酔っ払いの呼びかけに慌てて返事しつつ、ついでに追加の酒を注文する。

客はやかましいが、高い店だけあって酒の味はよかった。この子らにとっても、初めて飲むにはいいところだっただろう。

これからいろいろな苦労があるかもしれないが……せめてこんな時くらいは、楽しんでくれればいいと思う。

そんなことを考えてから、二、三刻後。

「どうせあたじは弱いわよぉ～」

「……」

アミュが真っ赤な顔で、卓に突っ伏して泣いていた。

ぼくはそれを呆れ顔で見下ろす。

「……君、酒弱いな」

「はぁ～？　チッ！　うっさいわね、あんたに比べたら誰だって弱いに決まってるでしょ⁉　あたし、天才って言われてたのに！　あんたたちより冒険者の先輩なのに！　エルダートレント程度に後れをとるなんてどこが天才だとか思ってるんでしょ⁉　ふぁあああああん‼」

「……」

アミュの隣では、メイベルが頭を傾けたまま微動だにしない。

どうやら寝ているようだった。

Zz...

ぼくは溜息をつく。

「……そろそろ帰るか。イーファ、二人を運ぶの手伝ってくれ……イーファ？」

反応がないので隣を見ると、イーファは満面の笑みでこちらを見つめていた。

「え～？　えっへへへへへへへへ‼」

……ダメだ。この子らの酔いが醒めるまで待った方がいいかもしれない。

溜息をついて席に座り直す。周りを見ると、ロイドの仲間たちもだいぶできあがっているようだった。

「ランプローグ君は、かなり飲めるようだね」

ロイドが、ぼくを見て意外そうに言った。

試しに頼んでみた火酒の杯を傾けながら答える。

「ええ、まあ。そうみたいですね」

前世では体質のためか、いくら飲んでも酔えなかったことを思い出す。

まさか今生の体でもそうだとは思わなかったが。

「でも、あなたもだいぶ強いようで」

「私は水しか飲んでいないよ。意外かもしれないが、下戸でね」

言われたロイドが、苦笑して答える。

「え、そうなんですか……名の通った冒険者は、てっきり全員酒豪なのかと思っていました」

「ひどい偏見だな。酒と冒険は関係ない。私がその証明だよ」

確かに、ラカナ第二位のパーティーリーダーが言うのなら説得力がある。

「ところで今さらなのですが、今日は何かの集まりだったんですか？　ずいぶん大人数で飲んでいたようですが」

「ああ……ちょっとね」

ロイドが意味ありげな表情を浮かべて言う。

「近々、大規模な冒険を計画している。その打ち合わせだよ」

「へぇ、大規模な。というと？」

「東のボスの討伐さ」

ぼくが黙っていると、ロイドが続ける。

「私のパーティーも、だいぶ精鋭が揃ってきた。ボスの居場所や、周辺の地形などの情報も集まっている。入念な準備を重ねればきっと達成できるはずだ」

「……いくつか疑問があるのですが」

ぼくは静かに問う。

「東のボス……というと、ラカナの東にある山の、ボスモンスターのことですか？」

「ああ。以前言ったラカナの周辺にある三つの山は、それぞれが一つの巨大なダンジョンになっていてね。北、南、そして東に、一体ずつボスモンスターが存在する。彷徨いの森のような付属ダンジョンのボスは、実は中ボスのようなものなんだ。それらとは次元が違う強さだが、決して倒せないほどではない」

「ボスモンスターを倒すと……ダンジョンは、力を失ってしまうのでは？　ダンジョンが生み出す資源で成り立っているこの街にとって、ボスの討伐は禁忌ではないのですか？」

「それは、ボスモンスターがダンジョンの核だった場合の話だね。この辺りにあるダンジョンの核は、ボスモンスターではないよ」

「なぜそんなことがわかるんです？」

「簡単なことさ。過去に何度か、ボスモンスターが倒されたことがあるからだよ」

「……」

「まだラカナが、こんな立派な街ではなかった頃の話だけどね。それでダンジョンが消滅したかというと、見ての通りだ。今も変わらずに富を生み出し続け、倒されたボスとは違うモンスターが、現在のボスとして君臨している。北の山も、南の山も、東の山も。おそらく核はボスモンスターではない、別の何かなんだ。それが何かまではわからないけどね」

ぼくは懸念を頭の隅に追いやって、別の質問を投げかける。

「なぜ……わざわざそんなことを？　危険を冒してボスを倒し、いったい何が得られるんです？」

ロイドが静かに続ける。

「名声だよ」

「これまで調子のよかった『連樹同盟』も、最近はメンバーの増加に陰りが見え始めている。この辺りで大きな、誰の目にもわかりやすい戦果をあげる必要がある。いつまでもラカナ第二位のパーティー止まりでは……私の組織は、真の完成には至らない」

表情こそ変わらないが、その目には燠火（おきび）のような意思が見て取れた。

ぼくは何か言おうとして口を開きかけ、そのまま閉じる。

そんなぼくへと、ロイドが微かに笑みを浮かべながら言う。

「正式にパーティーに加入してくれなくても構わないから、できれば君たちにも手伝ってもらいたいくらいなんだが……いや、いい。わかっているよ。君が名声や報酬に釣られて動く類の人間だとは思っていない」

「すみませんね」

視線を逸らしながら、ぼくは言う。

パーティーに入れと言われるよりも、それは受け入れがたい提案だった。確証はないものの、ボスの討伐はかなりまずい事態を招きかねない。

ただ、だからといってこの男を止める言葉を、今のぼくは持ち合わせていなかった。

仕方なく話題を変える。

「そういえば、ラカナ第一位のパーティーはどんなパーティーなんですか？」

そう訊ねると、ロイドはわずかに苦い顔をした。

「『紅翼団（こうよくだん）』というパーティーだ。どんなパーティーかと言われれば……」

その時、不意に酒場の扉が開いた。

装備を鳴らす音と共に、五つの人影が店内に入ってくる。

ただそれだけで……酒場全体が、一瞬静まり返った。

彼らの姿を見て、ぼくも察する。重戦士、剣士、盗賊、魔術師、神官。よくある職種の、よくある編成だが……その装備や立ち居振る舞いが、他の冒険者とは一線を画している。

噂をすれば影が差すとはよく言ったものだ。

これが『紅翼団』――ラカナ第一位のパーティーか。

「おい、麦酒を五つだ！　料理は適当に持ってこい！」

重戦士の大男が店の奥へ乱暴に叫ぶと、仲間たちと共に空いている席へどっかと腰を下ろす。

不意に、微かな血生臭さが鼻を刺した。

こいつら、ダンジョン帰りか。

「ん？　おう、ロイドじゃねぇか！」

リーダーらしき大男がこちらを見て、でかい声で叫んだ。

ロイドは一瞬顔をしかめた後、大男に向けて杯を掲げてみせる。

「どうも。ご無沙汰してます、ザムルグさん」

「はっ、ロイド。それは水か？　いつになったらお前は酒が飲めるようになる。お守りしてる半人前共にも示しが付かねぇぞ、なあ？　ガッハハハ！」

殺気立つロイドの仲間たちには構わず、ザムルグと呼ばれた大男が続ける。

「そっちのガキ共はなんだ、また勧誘か。明日にでも死にそうなひよっこまで拾おうたぁ、お前も見境がねぇな。パーティーと女のケツの違いはわかってるか？　でかけりゃいいってもんじゃ……」

「彼らは、市長の顔見知りでしてね」

ザムルグの言葉を遮って、ロイドが微笑と共に言った。

「ラカナのことを教えるよう頼まれていたもので。それだけですよ」

「……チッ。おい！　酒はまだか酒は！」

厨房へ叫ぶザムルグから顔を戻し、ロイドがうんざりしたように言う。

「『紅翼団』がどんなパーティーか、という話だったね。見ての通りさ。酒と金と暴力を愛し、自由と名誉に何より執心する、要するに――――」

ロイドはまるで、その存在を嫌悪しているようだった。

「――――典型的な、冒険者のパーティーだよ」

◆◆◆

街も寝静まった夜。

逗留先の宿屋の屋根で、ぼくは一人立って作業していた。

周囲に浮かぶのは、数十枚のヒトガタ。

その中から数枚を選び取り、それを何回か繰り返した後に、眉をひそめて唸る。

「何をされているのです？　セイカさま」

「ああ、易だよ」

答えると、ユキが意外そうに言う。

「占術でございましたか。それにしても、セイカさまが易占とはお珍しい……筮竹は使われないので？」

「そんなものどこにあるんだよ」

「おっしゃる通りで」

この世界に蓍や竹が生えているかどうかもわからない。

共通している動植物は多いからあってもおかしくはないが、少なくとも遠い場所になるだろう。

「道具なんて本質じゃない。使えればなんでもいいのさ」

「ふふ。前世でもそう言って、貴族の覚えがよかった老占術師の面子を潰しておりましたね」

「よく覚えてるな。あんなもの、真理も知らぬ若輩が、勝手に無知を晒して墓穴を掘っただけだ」

とはいえ。今思えば、あまり誉められた言動ではなかったかもしれない。

怪しげな呪物を知人に売りつけようとしていたから、軽く言い負かしてやったのだが……恨みを買わずに済む方法だってあっただろう。

ぼくのささいな後悔なぞ知る由もなく、ユキが暢気な調子で言う。

「それにしても、どうしてまた易占など？　なにか心配事でもございましたか？」

「ああ、ちょっとな」

　ぼくは、少し迷ってから訊ねる。

「お前……気づいてるか？」

「？　なににでございましょう？」

「この辺りにある力の流れだよ」

　ぼくは言う。

「この下、龍脈が走ってるぞ」

　龍脈とは、土地を通る力の流れのことだ。

　これがあると、その地は栄える。作物は豊かに実り、活力のある人間が多く集まって、その周囲にも良い影響を与えていく。

　もちろん、龍脈の恩恵を受けるのは人ばかりでなく、化生（けしょう）の類も同じだ。だから人里離れた龍脈の走る秘境には、たいてい強大な妖（あやかし）が棲んでいたものだった。

　ユキが唸るように言う。

「う、うーん……龍脈、でございますか？　なにやら力の気配は感じますが……これがそうなのでしょうか？　日本にあったものとは、だいぶ趣（おもむき）が異なるように思えるのですが……」

「そうだな。前世にあったものとは、力の様子がかなり違う。だが……龍脈であることに間違いはないだろう」

　こちらの人間が持つ力が、気や呪力とは違う魔力というものであるのも、土地に流れる力の違いが原因なのかもしれない。

「アスティリアの地にも力が満ちていたが、ここはあそこ以上だ。街が発展するわけだよ」

「あの地以上の、でございますか……それではひょっとして、あのドラゴンよりも強大な物の怪が、この地に棲んでいるのでしょうか？」

「いや……おそらくだが、それはないな」

ぼくは説明する。

「そもそもドラゴンより強力なモンスターというのが、この世界には存在しないようだ。加えてここには、アスティリアとは比べものにならないほど大量のモンスターがいる。何せでかいダンジョンが三つもあるんだからな。頭数が増えれば、個々が受ける恩恵も減るというものさ」

「ははぁ。言われてみればそうでございますね」

ユキが納得したように言った。それからやや呆れたように、調子に乗った口調で呟く。

「しかしそれならば、この地の人間はずいぶんともったいないことをしたものです」

「ん？」

「どうせならこのようななんでもない場所ではなく、龍穴の真上に都市を築けばよかったものを。さすればより一層の発展が見込めたでしょうに」

龍穴とは、龍脈を流れる力が地上に湧き出す場所のことだ。

ユキの言う通り、ただ龍脈が走る場所よりも、龍穴の付近である方がより大きく力の恩恵を受けることができる。

普通の管狐（くだぎつね）に比べて神通力（じんつうりき）の扱いがだいぶ下手なユキだが、それでもラカナに龍穴がないことくらいはわかるようだった。

ふふんと軽く鼻で笑って、ユキが言う。

「風水師とは言わずとも、相占に明るい術士はこの国にいないのでしょうか？　豊かな世界だとは思っておりましたが、ここの人間どもはずいぶん漫然と生きているようでございますね」

ぼくは少々呆れながら、ユキへと答える。

「いや……たとえ風水師がいようが、どうにもならなかったと思うぞ」

「えっ」

「この辺りに龍穴なんてないからな」

「ええっ？」

ユキが戸惑ったように言う。

「あ、あれ？　そうなのでございますか……？　ユキはてっきり、あの細長い人間の言っていた北と南と東の山に、龍穴があるものだと……」

「そう思うのもわかるが、力の流れを見る限りでは、ないな。そんな素直な流れにはなっていない」

「しかしそれならば、この付近にいる物の怪たちはなぜこれほどまでに龍脈の恩恵を受けているので……？」

「おそらくだが……核であるボスモンスターが龍穴の代わりとなって、力を吸い上げているんだろう」

　ぼくは自分の考えを整理するように説明を始める。

「この世界にはダンジョンというものがある。強力なモンスターや、術士や、呪物が核となって存在し、モンスターや宝物(ほうもつ)を生む異界だ」

「はぁ、そうでございましたね」

「この異界は、無論対価もなしに存在できるわけじゃない。ただそこにあるだけでも、少しずつ核の持つ力を削いでいく。ダンジョンは自然と消滅することがあるそうだが、それは核が力を使い切ったせいだろう」

　何かを生み出すには、必ず対価が必要になる。

　それはあらゆる物事で変わらない、真理の一つだ。

　もっとも呪(まじな)いに関して言えば、だいたいその収支が合わないものだが。

「で、どのくらいの核で、どのくらいのダンジョンを維持できるかだが……ロドネアの地下にあったあのダンジョンを思い出してみろ。ボスモンスターの虹ナーガはなかなか強そうではあったが、それでも出現するモンスターは雑魚(ざこ)ばかりで、大した宝物もなかっただろう？　それだけ要求される力は大きいんだ」

　学園の書物でダンジョンに関する記録を読んだ限りでも、この認識で間違いはなさそうだった。

「そう考えると、ラカナにあるダンジョンは規模がおかしい。こんなもの、核が上位龍クラスのモンスターか、神器級の呪物でもなければ成立し得ない」

「でも……現に存在しておりますよね？　これはどういうことなのでしょう？」

「龍脈の力が使われている、としか考えられないな」

「あっ、それでボスモンスターが龍穴代わりと」

「ああ」

ぼくはユキにうなずいて続ける。

「前世の土地神のようなものだ。あれは一所（ひとところ）に住み着いて根を張り、土地の奥深くに眠る力を吸い上げては、周囲に恩恵や災いをもたらしていただろう？　それと同じように……龍脈の力をうまく吸い上げられるモンスターが、この世界にもいるんじゃないだろうか」

「ふむ」

「かつてそういうモンスターがこの地で力を得て、やがては核となってそれぞれの山でダンジョンを形成した。この広大なダンジョンを維持しているのは、核であるボスモンスターそのものというよりも、そいつが龍脈から吸い上げる無尽蔵の力……なんじゃないかな。たぶん」

「……なんとも曖昧な言いようでございますねぇ」

ユキが呟く。

「しかしながらあの細長い人間は、ダンジョンの核はモンスターではないと言っておりませんでしたか？　過去に数度、倒されたことがあると」

「ああ。だからダンジョンは、そのたびに消滅していたんじゃないかと思う」

ぼくは言う。

「今もダンジョンが残っているのは、近い能力を持つ別のモンスターが新たな核となり、ダンジョンを形成し直したからだろう。空白地帯となれば他の山からモンスターが流入するだろうし、条件が満たされれば、当然同じ現象が起こってもおかしくない……まあ、たぶんだけどな」

「たぶん、でございますか。やはりなんとも曖昧な言いようでございますねぇ」

「あくまでただの推測だ。だけど、少なくとも龍穴がないことは確かだからな。これが一番妥当な推測だよ」

「まあ、セイカさまがおっしゃるのならばそうなのでしょうね。しかしそれならば……やはりそれぞれの山に君臨する物の怪は、上位龍に近い力を持っていることになるのでしょうか？」

「さっきも言ったが、おそらくそれはない。これも前世の土地神と同じだ。たとえ鉄砲水を引き起こすような祟り神であっても、それなりに実力のある術士であれば、手順を間違えない限り安全に封じることができた。龍脈の力を得る能力と、単純な強さはまた別なんだろう……そうでなければ、冒険者に倒されることなどまずありえないからな」

「たしかに……上位龍を破るほどの者が、この世界にいるとも思えませんしね」

それから、ユキは呆れたように言う。

「それにしても、ずいぶんと都合のいい土地でございますね。無尽蔵に富を生む物の怪が棲まいながらも、それが大した脅威ではないというのですから……。あの程度の人間どもが粋がっていられるのも、こんな恵まれた地に住んでいるからなのでしょうね」

「うーん、いやそれは、そうかもしれないが……むしろボスは上位龍くらい強い方が、かえってよかったくらいかもしれないんだよな……」

口ごもりながら言うぼくへ、ユキが不思議そうに訊ねる。

「なにゆえ？　かの世界のように、気まぐれに大嵐でも起こされたらたまったものではないでしょう」

「それはそうなんだが……弱いのもまずいんだ」

ぼくは渋い表情で説明する。

「もしも龍穴代わりになっているボスモンスターが倒されてしまったら、当然龍脈の流れは滞る。その結果どうなるかというと……」

「というと？」

「わからない」

「はい？」

「わからないんだよ。前世でも龍穴を塞いだ例なんて聞いたことがなかった。だからどうなるかなんて想像もつかない」

「ええ……」

ユキが困惑したような声を出すが、ぼくにだって知らないことはある。

「まあ少なくとも一体くらいだったら、他の二カ所もあるから問題ないだろう。そのうち別のモンスターが新しくボスになれば、元に戻る。だけど……仮に三体とも一時に倒されてしまったら、どうなるかは本気でわからないな。とんでもない大災害が起こっても不思議じゃない」

「ははぁ、なるほど……あっ、それで占いでございましたか」

得心したように言ってから、ユキは少し渋い声音で続ける。

「ううむ、しかしながらそれは……やや心配のしすぎでは？　ボスは三体もいるのです。上位龍にはおよばずともいくらかは強いはずでしょうし、今そこまで危惧されることでも……」

「今、ボスはもう二体しかいないぞ」

「えっ」

「北のボスは、すでに消えている」

ぼくは静かに言う。

「北の山には今、モンスターが出現しなくなっているという話だっただろう？　そしてその代わりに、東と南の山のダンジョンには難易度に変化があると……もう兆しは見え始めているんだ。現に、力の流れに偏りがある」

「そ、それは……どういうことでございましょう？　この地の人間が、倒してしまったのでしょうか？」

戸惑うユキの問いに、ぼくは肩をすくめて答える。

「さあな。そうかもしれないし、あるいはドラゴンのように、渡りの性質があってどこかへ移動してしまったのかもしれない。まあそこはどうでもいい。問題は……ロイドが、この状況で東のボスを倒す計画を立てていることだ。ことが成ってしまえば、残りは一体。楽観できる状況じゃなくなる」

場合によっては、この地を離れる必要が出てくるかもしれない。

ただそうするにしても、次の向かう土地のあてはない。フィオナの協力だって、得られるかどうかわからない。

となれば、この地に残り、最悪の事態をなんとか収めるという選択肢も一応ある。あるが……問題は、その最悪の事態でどんなことが起こるかだ。

「……地揺れや噴火なんかが考えられるが、ここらにあるのは火山ではないようだしな……となるとやはり、アミュの言っていたスタンピードだろうか」

モンスタースタンピード。

大量のモンスターが、街や村を襲う現象。

ここラカナで起こるとすれば、やはりそれが一番自然な気がした。

「あのう……」

ユキがためらいがちに言う。

「よくよく考えたら……仮に最悪、そのような災害が起こってしまったとしても、セイカさまならばいかようにもできるのでは？　前世でも、大水（おおみず）や嵐を収めていたではないですか」

「無論可能だろうが、ぼくの力を衆目に晒すことになってしまう」

「……」

「……今さら何を言っているんだと言いたいんだろうがな」

何か言いたげに押し黙るユキへ、ぼくは溜息をつきながら言う。

「親しい者のためならばともかく、この街に住む見ず知らずの他人なんかを救うために、ぼくは力を使う気はないぞ。帝城でのことは、幸いにもフィオナが隠蔽してくれているんだ。この幸運を無為にはしたくない」

あんなことをしでかしたにもかかわらず、そればかりは本当に助かった。彼女には感謝しなければならないだろう。

これ以上、為政者に目を付けられるような真似は避けたい。

スタンピードとなれば、地揺れや噴火のように密かに収めるのも難しい。

やはり、いざとなれば逃げるしかないだろう。

「……ユキは」

ユキが、恐る恐る言う。

「ユキは、セイカさまが……前世のように過ごされるのも、よろしいかと思っているのですが……」

「前世のように、って？」

「見ず知らずの他人を力のままに助け、常命の友人や弟子たちに囲まれながら、穏やかな日々を送られるのも……ということです」

「……何を、言っているんだ」

思わず硬い口調になる。

「それで失敗したから、ぼくは今こんな世界にいるんじゃないか」

「それは……」

ユキは口ごもり、しばし逡巡（しゅんじゅん）した後、絞り出すように言った。

「そうで……ございましたね」

「……」

ぼくは無言で手を伸ばすと、頭の上の妖（あやかし）を撫でた。

もしかしたら、ユキは転生してからのぼくの状況に、もどかしさを感じているのかもしれない。

だが、これぱかりはどうしようもなかった。

世界は暴力だけで成り立つほど単純ではなく、強大な暴力を放っておかれるほど、甘くもないのだ。

狡猾（こうかつ）な為政者を敵に回さないためには、やはりそれなりに用心しなければならない。

「……話が逸れたが、ま、要はそういうことだ。これからどうなるか、どうするべきかがちょっと判断つかなかったから、占いになど頼っていたわけだよ」

「はい……して、セイカさま。結果はどのようなものだったのですか？」

「結果か。そうだな……」

ぼくは浮かぶヒトガタを眺めながら、渋い顔で呟く。

何度か占的を変えて試みたが、どうも問いに対して要領の得ない卦ばかりが出てしまう。之卦や互卦を見ても、それはあまり変わらなかった。

それでも無理矢理解釈するならば……、

「なんか、やりたいようにやればうまくいく……らしい」

「良い卦ではないですか」

「自分の気持ちに嘘をつくな、とも読めるな。あと、仲間が導いてくれる、とも」

「な、なんだかずいぶんと、清々しい卦が出たようですが……しかしながら、今回の問題ってそういう話でございましたか？　セイカさまはいったい、どんな問いかけをなされたのです？」

「普通に今後の方針を問うただけだよ。なんでこんな精神論が返ってくるのか、ぼくが知りたいくらいだ……まあでも、占術なんてこんなものさ」

未来視のようにはいかない。

ぼくだって、決して万能ではない。

幕間　聖皇女フィオナ、帝城一角にて

「わたくしの力も万能ではないのです……」

立派な文机に肘をつき、頭を抱えたフィオナが呟いた。

帝都ウルドネスクの中央に位置する、帝城。ここはその敷地内にある、要人が滞在するための離れの一つだ。

このような離れに住まわされている時点で、まだまだ皇位争いには遠いことがわかる。辺境に軟禁されていた幼少期に比べればずいぶんな権力を手にしたものの、それでも兄たちは、女で正妻の子ではない自分のことなど、大して意識すらしていないだろう。

しかしながら、今フィオナが気にしているのはそんなことではなかった。自分以外に誰もいない離れの書斎にて、聖皇女は言葉を紡ぐ。

「たとえば未来の光景は、必ずわたくしの目を通して視ることになります。ですから遠方の出来事などは、便りや伝聞の形でしか知り得ず、どうしても情報が限られてしまいます」

誰もいないはずの室内で、しかしフィオナは何者かに向かって話し続ける。

「また、未来を知ってそれを変えようと試みても、うまくいくとは限りません。水たまりを避けようと遠回りした結果、落とし穴に嵌まってしまうようなことだってあるのです。何通りも未来を覗き見、慎重に慎重を期しても、思い通りにいかないことはありまして……ああ、それ

にしても、どうしてこんなことに……」

「何ヲソレホド、嘆イテイルノダ」

その時、無人のはずの室内で、フィオナへと答える声が響いた。

地の底から聞こえてくるような、低い声だ。

「先日カラ、様子ガオカシイトハ、思ッテイタガ……今日ハ、泣キ言バカリデハナイカ。隠蔽ニ、瑕疵デモ、アッタノカ」

「いえそちらは、結局なんとかなったのですが……」

フィオナが声に答える。

聖騎士たちには散々愚痴っていた帝城破壊の隠蔽工作だったが、苦労の甲斐あってか上手く収めることができていた。

ただ、今は別の問題が浮上している。

「……ラカナで近いうちに、スタンピードが起こるかもしれないのです。セイカ様に向かっていただいた、あの冒険者の街で」

フィオナが、静かに告げた。

しばしの沈黙の後、低い声が言う。

「カモシレナイ、トハ、ドウイウコトダ。オ前ノ視タ、未来デハナイノカ」

「どうも、かなり曖昧な未来のようでして。視るたびに起こったり、起こらなかったりしています」

「ソレハ……アノ魔王ガ、起コスノカ」

「まさか。セイカ様がそのようなことをするはずがありません。ただ……あの方がラカナへ向かったこととは、いくらか関係があるようです。セイカ様を送り出す前に、あのような未来を視ることはありませんでしたから」

「……厄介ナ、魔王ダ」

低い声は、吐き捨てるように言う。

「ダガ、曖昧ナ未来ナラバ、ヨカロウ。イツモノヨウニ、上手ク変エテヤレバ、良イデハナイカ」

「……簡単に言ってくれますね。そういつもいつも思い通りにはいかないのだと、先ほど説明したでしょう」

「ム……」

低い声がたじろぐ。

まだ機嫌を損ねてはいないようだが……もっと幼い頃の、気分屋だったフィオナを知っているためか、序列一位たる聖騎士の相づちは慎重だった。

「今回ハ、上手クヤレヌ……トイウコトカ」

「何度か予定を変えて未来を視てみましたが、こうすれば必ず避けられる、という行動が見つかりません。曖昧に過ぎるせいでしょう。喩（たと）えるなら、明日あくびをせずに済む行動を探すようなものです」

「喩エガ、ヨク、ワカラヌガ……」

最初の聖騎士は、しかし落ち着いた口調で言う。

「ソウ心配スル必要ハ、ナイダロウ。アノ魔王ガ、魔物ノ群レ程度ニ、後レハ取ラヌ。他ノ人間ヲ守リナガラデモ、問題ナク、生キ延ビルダロウ」

「あ、それはもちろん心配していません」

「……」

「なんといっても、セイカ様ですからね。スタンピードくらいどうにでもできます。ひょっとしたら、すでに予兆を感じ取っている頃かもしれません。なんといってもセイカ様ですから」

フィオナが、なぜか誇らしげに言う。

「……デハ、何ヲ、憂エテイルノダ」

低い声がやや呆れながらそう訊ねると、途端にフィオナは消沈した。

「……もし、ラカナでスタンピードが起きたら……まるでわたくしが、セイカ様の謀殺を企んだようではありませんか？」

「ム……」

聖騎士は言葉を失った。

確かに、そうだ。未来のわかる人間が案内した街でそんなことが起きれば、普通はそう考えてしまう。

「このままでは、セイカ様に嫌われてしまいます……」

「……」

「下手をすれば、帝国が焦土と化してしまうかも……」

「シ、洒落ニナラヌ！」

「まあそれは冗談ですが、わたくしにとって最大の危機であることは確かです」

「……信用ヲ得タイノナラ、私信デモ出シ、オ前ノ事情ヲ正直ニ伝エレバ、良イデハナイカ」

「ダメです。逃げてもらおうにも別の逃亡先を用意できませんし、それはそのままラカナを失うことを意味します。かといって鎮圧を頼むにも、今から伝えたのでは、まるで断れない状況を作ってから言ったようではありませんか？」

「……。ソレハ……」

「スタンピードの未来が見えていなかったのは本当のことですが、セイカ様の視点では、わたくしがすべてを知りながらここまで黙っていたようにも見えます。結局いいように利用されているだけなのではないかという不信を生み、今後のあらゆる場面で支障が出ます。そのような事態はなるべく避けたいのです。セイカ様のためにも……帝国のためにも。先ほどの冗談が、冗談で済まなくなることもありえますから」

「ム、ムゥ……デハ、ドウスルノダ」

「わたくしの方で、ギリギリまでなんとかできないか試してみます。ただ、それでもダメなら……祈るしかないでしょう」

「何事モ起コラヌ、未来ヲカ」

「セイカ様に嫌われない未来を、です」

そう言うと、フィオナは目を閉じ、胸に手を当てた。

それは格好だけ見るなら、神殿で祈りを捧げる、聖なる巫女（みこ）のようでもあった。

「ああ、信じてくださいセイカ様……わたくしは決して、そんなつもりではなかったのです……」

第二章　其の一

やむを得ない形で始まった冒険者生活も、もう二月が経とうとしていた。

「あ～づ～い～」

ギルドに備え付けられた酒場の片隅にて。

ぐったりとテーブルに突っ伏したアミュが、そう呻く。

「まだ夏前なのに、なんでこんなに暑いのよ……」

「う、うん……来月にはどうなっちゃうんだろうね、これ……」

イーファも胸元を扇ぎながら、力なく同意する。

「……」

メイベルだけはいつもの顔で果実水を啜っている……が、普段以上に口数が少ない。どうやら、弱っているのはこの子も同じのようだ。

アミュの言う通り、まだ本格的な夏が来ていないにもかかわらず、ここラカナでは連日猛暑が続いていた。

ダンジョンに潜る気力も失せたぼくたちは、こうして昼間からギルドでくだを巻いている始末だ。似たような冒険者たちが、周りにもちらほら見られる。

「ラカナは、周囲が山に囲まれた盆地になっているからな」

微かに柑橘の香る果実水を傾けながら、ぼくが言う。

「どうしても空気が滞留してしまうんだろう。仕方ないさ」

「あんたはなんでそんなに平然としてられるのよ」

涼しい顔のぼくを、アミュが下から睨んでくる。

「じめじめしてないからな。このくらいならまだ過ごしやすい」

日本の夏に比べたらマシだ。日差しを避けていれば我慢できないほどでもない。

アミュが信じられないように言う。

「嘘でしょ……？　ランプローグ領ってそんなに暑かったの？」

「そんなことなかったよ……セイカくんの基準は、よくわかんない……」

イーファが弱々しく答える。

仕方なく、ぼくは言い訳するように言う。

「ぼく、暑いのは割と平気なんだよ。ここで雨でも降られたらさすがにうんざりするけどな……というか」

そこでふと、ぼくは付け加える。

「思ったんだが、アミュとイーファは水属性魔法が使えるだろう」

「え？　う、うん」

「それがどうしたのよ」

「氷を作って、部屋を冷やしたりできないのか？」

学園で習う魔法は理論がほとんどで、あとは攻撃か、せいぜい治癒に用いるくらいのものだった。

魔道具という便利な呪物はたまに使われているものの、魔法そのものが日常生活や産業に利用されている例はあまり見ない。

これほどたくさんの術士がいる世界だ、もっとそういうのがあってもいい……と、思ってのことだったが。

アミュが呆れたように答える。

「あのね、これだけ暑かったら多少の氷なんてすぐ溶けるし、涼めるまで魔法使ったら魔力切れであっという間にぶっ倒れるわよ。労力使うんなら、うちわで扇いだ方がマシ」

「そうか……イーファでもダメか？」

「うん……あんまりお願いすると、だんだん聞いてもらえなくなってくるの。だからたぶん、ダメだと思う」

そりゃそうか。精霊の魔力だって無尽蔵じゃない。

「商会では、そういう仕事も、ちょっとやってたみたい」

メイベルが口を挟む。

「海のある街から、生の魚を冷やして、腐らせずに運んだり……とか」

「おお、そういうのそういうの！」

「でも、必ず二人以上の魔術師を使うから、かなり高かったみたい。お金持ちの貴族が、道楽で頼むような仕事」

「ああ……そこまでしないとダメなのか。というより、意外と手広くやってたんだな、ルグローク商会……」

魔法を日常生活や産業に使う文化は、どうやらないらしい。

これだけ発展しているのに、用途がモンスター退治と貴族の権威付けだけというのももったいない気がするが、転用が難しいのだろう。

となると、やっぱり今はがまんするしかないな。

「聞いたところによると、真夏でもここまで暑い日は珍しいそうだ。数日もすれば落ち着くだろう」

「今があづいのよぉ～」

「……はあ、仕方ないな」

さすがに、体調を崩されでもしたら困る。

ぼくは懐から数枚のヒトガタを取り出すと、宙に放った。

軽く印を結ぶ。

ほどなくすると、陰の気が周囲の熱を奪い、辺りに冷気が立ちこめ始めた。

「……え、涼しい⁉」

「わっ、これセイカくんが⁉」

「すごい」

女性陣がきゃっきゃとはしゃぎ出したので、ぼくは一応言っておく。

「ちょっとだけだからな。あんまりこれに頼りすぎると体が弱くなる」

「あっはっは！　最高！」

「セイカくんありがとう！　やっぱりセイカくんはすごいね！」

「ここで寝たい。寝てもいい？」

「いきなり元気になるなよ」

さっきまでぐったりしていた生き物とは思えない豹変ぶりだった。全然元気じゃないか、この子ら。

「あら、みなさん。どうしましたか？　何か……」

ぼくが呆れた目で三人を見ていると、騒ぎを聞きつけたのか、通りがかったギルド職員が寄ってきた。

いつかの買い取り窓口にいた若い受付嬢だ。弁償のやり取りなどしているうちにすっかり顔見知りになり、アイリアという名だと知った。

「え、ええっ⁉　ここの周り、どうしてこんなに涼しいんですか⁉」

テーブルに近づいたアイリアが、口元に手を当てて驚く。

「いやその……」

「セイカが涼しくしてるのよ」

「セイカさんが？　はぁ～……やはりすばらしい魔法の才能をお持ちなのですね」

アイリアはそう言ったまま、テーブルのそばから動かない。

どこかに行くところじゃなかったのか……？

「アイリア？　そんなところでどうしたんだ？」

またもや通りかかった若いギルド職員が、変なところで突っ立っているアイリアを見て怪訝そうに言った。

魔石の鹿の殻を、金槌と鑿で割った鑑定士だった。アイリアの先輩で、名をウォレスと言うのだと知った。

「ウォレスさん、こっちこっち！」

「何で呼ぶんです⁉」

「何を……す、涼しい⁉」

ウォレスがアイリアとまったく同じように、驚愕して言った。

「すごいですよね、セイカさんがやってくれているのだそうで」

「本当にか？　ギルドの職員になってほしいくらいだ」

「こんな一芸くらいで勧誘しないでください」

ウォレスもまた、立ち止まった場所から動こうとしない。

こいつらヒマなのか……？

「うるせーな。お前ら何をそんな……涼しい⁉」

「いい加減にしろよ、ただでさえ暑……す、涼しい⁉」

「なっ、涼しい⁉」

周りのテーブルでぐったりしていた顔見知りの冒険者たちが、寄ってきては驚愕する。三人パーティーのガドル、ニド、リッケンは、似たもの同士なためか反応も似ていた。

「なんだ？」

「涼しいってどういうことだ？」

周囲の冒険者どもや、ギルド職員が次々に寄ってくる。

あっという間に、テーブルの周りには人だかりができてしまった。

ぼくはしばし呆気にとられた後、思わず叫ぶ。

「暑苦しいわっ！」

日陰に集まる猫かこいつら。

「もっと涼しくしてくれてもいいんだぜ？」

「そうだそうだ、そうするべきだ」

「へへっ、何か飲み物持ってきやしょうか？」

「お前らは誰なんだよ」

いつの間にか全然知らない連中までもが、知人面（づら）で立っていた。まったく、冒険者はなれなれしくて困る。

いや……そういえば前世でも、ぼくの友人はこんなやつらばかりだった気もする。

もしかして、ぼくの性格の問題なのか？

「おじちゃーん、ここ涼しい！」

その時不意に、ギルドに似つかわしくない、甲高い子供の声が響いた。

子供の扱いに不慣れな冒険者どもが、ぎょっとして声の発生源から離れる。

そこにいたのは、白い子供だった。色白の肌に、白金色の髪を尼削ぎにしている。五、六歳くらいに見えるが、ずいぶんと綺麗な容姿をしていた。

その耳は少し尖っている。ひょっとして、半森人か？

「わっ、か、かわいいっ！　お嬢ちゃんどうしたの？　一人？」

「ボク、男だよ‼　おじちゃーん！」

しゃがみ込んだイーファに怒鳴り返すと、子供はギルドの奥へと叫ぶ。

「おーぅ、わかったわかった。ちょっとそこで遊んでもらってろ」

階段から顔を覗かせた男が、声を返す。

見覚えのある顔だった。ギルドに商品を卸しているエイクだ。

メイベルが首をかしげ、エイクへと声をかける。

「これ、エイクの子？」

「あんたの奥さんって森人だったの？　やるじゃない」

「はは、残念だが森人は妹の旦那だ。今ちょっと甥っ子を預かってな」

「だったら早く連れていきなさいよ。ここ、もう定員なんだけど」

「定員……？　よくわからんが、見ててくれないか。これから商談なんだ」

「ええー……冒険者なんかに大事な甥っ子を預けるんじゃないわよ」

「名前はティオだ。頼んだぜ」

渋るアミュへ一方的に言うと、エイクは階段を上っていってしまった。

「お姉ちゃん、剣士？」

ティオが、アミュの杖剣を見つめて言った。

「そうだけど？」

「ボクと勝負しよ！」

「はあ？」

「ボクも剣士だよ！　友達にはもうぜったい負けないんだ。外で勝負しようよ、ねぇ」

「……」

服の裾を引っ張るティオを、アミュはめんどくさいガキを見るような目で見つめている。

ぼくは、思わず吹き出してしまった。

「いいじゃないか。遊んでやれよ」

「はああ？　いやよこの暑い中。あたしはここから離れないからね！」

「あー、残念だけどそろそろ魔力が」

わざとらしくそう言って、ぼくはヒトガタを回収する。

途端に熱気が立ちこめ、周囲から文句の声が上がるが、完全に無視する。

「絶対嘘じゃない魔力切れとか！」

「これに慣れすぎると逆に体調を崩すぞ。いいから、子供の相手くらいしてやれって。ほら」

と言って、長い木の棒を二本手渡してやる。

「どっから出したのよこんなもん」

「お姉ちゃんはやくー」

「ああもう、わかったわよ！　その代わり、夜はみんなでセイカの部屋に集合ね。最近寝苦しかったから」

「は？　おい」

「ほら来なさい！　腕前を見てやるわ、ガキ！」

「よーし、行こっかティオくん！　暑いから帽子被ってね」

「うん！」

「アミュが負けたら、私が相手になる」

「負けるわけないでしょ！」

アミュたちがガヤガヤと出て行く。

冷気の残りに集っていた冒険者やギルド職員も、やがて固まっている方が暑いと気づいたのか、一人また一人と散っていった。

「――――、――――」

「――――」

テーブルから離れた場所にある窓からは、半森人（ハーフエルフ）の子供が、アミュたちと遊んでいる光景が見える。

すっかり温くなった果実水を呷る。

不思議と、ひどく懐かしい気分になった。

「邪魔するぜ」

その時――テーブルの真向かいに座った大男の体が、ぼくの視界を塞いだ。

大男はテーブルに足を乗せると、暑そうに胸元を扇ぐ。

その様子を眺めながら、ぼくは言う。

「ここは酒場ですよ。飲み物でも頼んだらどうです。ザムルグさん」

ラカナ第一位のパーティー、『紅翼団』リーダーのザムルグは、鬱陶しそうな目でぼくを見る。

「いらねぇよ。今まで俺様がどれだけここに金を落としてると思ってる。ちっと居座ったくれぇで文句言われてたまるか」

おそらく、それは事実なのだろう。

冒険者用の装備ではないが、服も靴も上等なものだった。ラカナの冒険者パーティーの頂点に立っているだけあり、相当の稼ぎがあるようだ。

「で、ぼくに何か用ですか？　今日は暑いので、なるべく近くに寄らないでもらいたいものですが」

ザムルグが足を下ろすと、テーブルに身を乗り出し、ぼくを正面から睨む。

「俺様にそんな口を利くか。なかなか肝が太いじゃねぇか」

「……」

黙ってその目を見返していると、やがてザムルグが椅子の背にもたれかかり、口を開いた。

「はっ、なるほど。親父の客人なだけはある」

「親父……？　ああ、市長のことですか」

別に血縁ではないだろう。そう呼ばれることもあると、いつだか本人が言っていた。

「どうでもいいですが、先に用件を言ってもらいたいものですね」

「新入りの分際で、ずいぶんと調子がよさそうだな。セイカ・ランプローグ」

ぼくの要望を無視し、ザムルグが言う。

「どこぞの貴族のガキが女連れで冒険者になったと聞いた時は、何日で死ぬか仲間と賭けたものだが……まさか生き残るどころか、中堅向けのダンジョンにまで顔を出すようになるとはな。おかげで大損だ」

「それは残念でしたね。まあ、こちらは運に恵まれました」

「運だぁ？　違うな。お前は本物だ」

「……」

ザムルグはそこでわずかに間を置くと、話題を変える。

「ロイドの野郎に勧誘されたそうだな」

「ええ。加入はお断りしましたが」

「なぜだ」

「別に。彼の考えに共感できなかっただけですよ」

「はっ、そうだろうなぁ！」

ザムルグの声が大きくなる。その様子に、ぼくは目を眇めて言う。

「あなたも、どうやらそのようですね」

「当たり前だ」

大男が鼻を鳴らす。

「大人数のパーティーで助け合いだぁ？　馬鹿が。冒険者をなんだと思っていやがる。肝心なもんがさっぱり見えてねぇ」

「よくわかりませんが、冒険者にとって何が肝心だと？」

「自由だよ」

ザムルグが言い切る。

荒くれ者の言葉の、そこだけに真摯な響きがあった。

「自由が何だか、お前にわかるか？　誰の支配も受けず、それゆえに誰の助けも借りないということだ。自由だから欲望に忠実になれる。自由だから、生き残るために懸命に力を磨く。ラカナはそうやって、欲望と生への渇望で発展してきた」

「……」

「力ない者が死に、力ある者が生き残る。それのどこがおかしい？　常に力を求めてきたからこそ、今この街は自由都市でいられる。奴の甘えたパーティーのルールが冒険者すべてに広まれば、街から欲望も生への渇望も失われる。そんなラカナなぞ、いずれ帝国に飲み込まれるのがオチだ」

「……」

「あんなパーティーがラカナの頂点に立つなど、あっちゃならねぇ。この街の冒険者の指針となるのは、力あるパーティーであるべきだ。かつて、親父が率いていたパーティーのような……」

「ロイドの考えには共感できませんでしたが」

長い話に辟易していたぼくは、やや強引に口を挟む。

「あなたの持論にしても同じですね」

「あ？」

「冒険者の、いったいどこに自由があると言うんです？」

「……なんだと？」

「冒険者の多くは仕方なくこの街に流れ着き、金もない、伝手もない、情報もない中、ただ生きるため闇雲にダンジョンへと潜っていく。これのどこが自由だと？　手足を縛られ、状況に引きずられているも同然ではないですか」

「っ……」

「そしてこんな状況では、力などはほとんど役に立たない。生存を決定づけるのは、ただの天運だ……あなたや市長が今の地位にいるのは、力を持っていたからではなく、ただ運に恵まれていただけなのでは？」

「てめぇ……」

「まあしかし、あなたがロイドを目の敵にしていた理由は、今わかりましたね」

ぼくは口の端を吊り上げて笑う。

「敬愛する市長に、気にくわない相手が重用されていて、嫉妬していたんでしょう？」

サイラス市長の応接室に、ロイドが呼ばれていた時のことを思い出す。あれはどうも、普段から頼まれごとをされているような様子だった。

ザムルグは、その顔から表情を消していた。

「それは、俺様への侮辱か？」

「……」

冒険者は、面子を重視する。

特にラカナの冒険者の頂点に立つこの男ならば、自分への侮辱を見過ごすことはできないだろう。

「さあ……ぼくとしては、どう捉えてもらってもかまいませんが」

殴りかかってこようがどうでもいい気分だったけど。

ただこの男も、何か用があって来たに違いない。それを聞かないまま撃退してしまっても、なんだか収まりが悪い。

仕方なく、収拾が付けられるよう一言付け加える。

「ただ彼には、これまで何度か世話になっているのでね」

「……あの野郎に恩義なぞ感じる必要はねぇ」

恩のあるロイドの名誉を保つための物言いだったと、ザムルグは自分の中で整理したようだった。

そしてようやく本題に入る。

「俺様のパーティーに入れ。セイカ・ランプローグ」

「……え、あなたも勧誘だったんですか？」

意外な用件に拍子抜けする。

「それは……ぼくら四人で、『紅翼団』に入れと？」

「四人じゃねぇ、お前一人だ。余計なのは邪魔なだけだからな。だが、十分な報酬は約束してやる。仲間に分けてやっても今以上の稼ぎになるだろうよ」

「……ずいぶんな過大評価をしてもらっているようですね。ぼくはただの運搬職(ポーター)兼回復職(ヒーラー)なんですが」

「つまらねぇ嘘をつくな。ランプローグ家の出であの女どものパーティーリーダーやってるやつが、ただの支援職なわけがあるか」

「……確かに、多少の魔法は扱えますけどね。いずれにせよお断りします。ぼくの仲間は、ただ施されるのは居心地が悪いと言っているのでね。かといってあの子らだけで冒険に向かわせるのも、少し不安ですから」

「お前は、あいつらの親か何かか？」

ザムルグが呆れたように言う。

「なら、いい。一度だ。一度、冒険に付き合え。望むだけの報酬はやる」

「一度……？　どこへ向かう気ですか」

「南の山だ。ボスを倒す」

長い沈黙の後、ぼくは口を開く。

「それはロイドが計画している、東のボス討伐に対抗して、ということですか？」

「そうだ。あいつらにボス討伐の栄誉を独占させるわけにはいかねぇ。『連樹同盟』があらゆるパーティーの頂点に立ち、大勢の冒険者が奴の思想になびくようになれば、この街は腐る。ラカナ第一位のパーティーとして、それだけは許しちゃならねぇ」

ザムルグが続ける。

「少数精鋭ならば、東よりも南の山の方が地形的に攻略しやすい。この暑さで、奴も計画を止めざるをえないでいる。今が絶好の機会だ」

「……」

「だがいくら俺様のパーティーでも、ボス討伐に五人ではさすがに厳しい。だから使える人員を集めていたところだ……お前も協力しろ、セイカ・ランプローグ」

ぼくは思わず苦い顔になる。

こいつらまでボスを倒そうとしているのか。

溜息をつき、迷うことなく首を横に振る。

「悪いですが、お断りし……」

そこで、ふと言葉を止めた。

ザムルグをちらと見て、しばし黙考し……思い直す。

「……いや、いいでしょう」

ぼくは薄い笑みと共にうなずく。

「一緒に南のボスを倒しましょうか」

◆◆◆

ギルドを出てぼくの部屋へと戻ると、ユキが頭から顔を出して、困惑したように言った。

「あの、セイカさま？　よろしいのですか？　南のボスを倒してしまっても。龍脈の話はどこに……」

「よろしいわけないだろ。倒さないよ、ボスは」

「え？」

「あのザムルグって冒険者……たぶん、それなりに強い。仲間や集めている人材も同じ程度なら……下手したら、本当に討伐されてしまうかもしれない。ロイドの方は放っておくことも考えたが、こちらは危険だ」

「ええと、それならば……」

「だから、妨害するんだよ。協力すると言って同行しつつな。さすがにこれは、ぼくが手を出さないとまずい状況だ」

「おおっ、しかしながらそれは、いいお考えだと思います！　して、どのように？」

「まあ見てろ。ぼくに妙案がある」

「セイカさまの案ならば、きっと間違いないでしょう！」

ユキが弾んだ声でそう言った。

◆◆◆

ちなみに……それから数刻後。

アミュたちは、本当にぼくの部屋に突撃してきた。

「セイカー、お願ーい。涼しいやつやってー」

部屋に入るなりすぐさまベッドに倒れ込み、ゴロゴロしながらのたまうアミュに、ぼくは半眼で言う。

「帰れ」

「そう言わずに！　ほら、あんたたちも」

アミュに促されたイーファとメイベルが、彼女に続く。

「う、うん。セイカくん……だめ？」

「ぐっ……」

「なんでもする」

「か、軽々しくなんでもするとか言うな」

「あたしたちの部屋、風の通りが悪くて暑いのよ。だから最近寝苦しくって。ね、お願い」

と言って、片目を閉じるアミュ。

しばしの沈黙の後……ぼくは盛大に溜息をついた。

「仕方ないな」

「やった！　ありがと、セイカ！」

アミュが嬉しそうな声を上げる。

「やはり甘々ですねぇ……セイカさま」

髪の中でユキが呆れたようにささやくが、何も言い返せない。

やがて浮かべたヒトガタが室内の熱を奪い始めると、元気になった三人がはしゃぎ始めた。

「あはは、最高！　こんな贅沢お貴族様でも味わえないでしょうねー！」

「はぁー……涼しいね、メイベルちゃん」

「ん。生きててよかった」

それは何よりだよ。

「今日はこっちで寝るわよ！」

「おい、そのベッドで三人寝るつもりなのか？　一応一人用なんだけど」

「大きいから詰めれば大丈夫よ。メイベル、こっちに寝てみなさい。どう？」

「大丈夫そう」

「それじゃあ、イーファはこっち側ね」

「う、うん……」

ベッドを三人で使って、彼女らはもう寝る気満々なようだった。

「はぁ、久々に気持ちよく寝られそうね」

「毛布はちゃんと掛けとけよ。あと夜中になったら術は止めるからな。眠っている体を冷やすとよくないから……」

「わかったわよ……あんた、なんか時々じじ臭いわよね……」

「じっ……！」

「ふわぁ……」

それから灯りも消さないうちに、ベッドからは寝息が聞こえてきた。

「……」

寝苦しくて本当に寝不足だったのか、あるいは日中、子供と遊んで疲れたのかもしれない。

まあ今日くらいはいいだろう。

「……というか、ぼくはどこで寝ればいいんだ」

すでにいっぱいのベッドを見て途方に暮れる。

とはいえ、一度許したものは仕方がない。

外套でも敷いて床で寝るかと、ぼくは荷物を漁る。前世の幼少期や大陸を渡る旅を思えば、そんな寝床でも十分上等だ。

「セイカくん……ごめんね」

申し訳なさそうな声に振り返ると、イーファが横を向いてこちらを見ていた。

続けて言う。

「セイカくんのベッド、とっちゃうみたいになって……」

「なんだ、起きてたのか。みたいというか、それ以外の何者でもないけど」

ベッド強盗だよ、君ら。

「……ここ、代わろっか？　わたしは向こうの部屋でも平気だから……」

そんなことを言うイーファに、ぼくは苦笑して答える。

「遠慮しなくていい。それに、朝ぼくがそこで寝てたらアミュに殴られそうだ」

「うーん……そう？　でも……」

「いいから。三人で仲良く寝なさい」

「……はぁい」

返事をしたイーファが、口元まで毛布をたぐり寄せる。

ふと。

「……イーファ」

「？　なに、セイカくん」

「今、辛くないか？」

ぼくの問いに、二、三度瞬きしたイーファが、明るい声で答える。

「ううん、大丈夫。楽しいよ。自分の力で、みんなの役に立てるんだもん。それに……最初は少し怖かったけど、街の人たちもいい人ばっかりだし。今日もあの後、エイクさんに果物もらったんだよ。お礼だって」

「そうか」

ぼくはその時、自然に笑うことができた。

「それなら、よかった」

其の二

それから数日後。

夏を目の前にして、予想通りに一度猛暑は落ち着き——ぼくは、南の山を登っていた。

「進行速度は合わせろ、くれぐれも陣形は崩すな！　斥候職は先行しすぎなくていい！　本陣へ確実に戻れる距離を意識しろ！」

すぐ傍らでは、ザムルグが声を張り上げている。その馬鹿でかい胴間声は、山のどこにいても聞こえるんじゃないかと思えるほどだ。

指示を聞き、細かく陣形を直すのは、総勢二十一名の冒険者たち。

南のボスの討伐を目指す一行だった。

あの日、ギルドの酒場でザムルグの提案を了承したぼくは、暑さの弱まったこのタイミングで改めて討伐行の誘いを受けた。

そうして今、この急造パーティーと共に山を登っているというわけだ。

もちろん、今日のことはアミュたちには話している。

驚かれはしたものの、特に心配とかはされなかった。ボスに挑むのに。

さすがにちょっと複雑だ。ぼく、今どんな風に思われてるんだろう。

むしろ彼女らは、どちらかというと寂しそうだったり、つまらなそうな様子だったが……今回は連れて行けないから我慢してもらうしかない。危ないからね。

「異常を見逃すな！　進行に支障が出ればすぐ俺様に報告しろ！」

ザムルグが叫んでいる。

その馬鹿でかい声に、ぼくは暇なことも手伝って、思わず話しかけてしまう。

「そんなに大声を出したら、無駄にモンスターを呼び寄せてしまうのでは？　ボスの前にパーティーを消耗させるのは得策ではないでしょう」

「あ？」

担いだ戦斧を揺らしたザムルグが、気に食わなさそうにぼくを見下ろし、言う。

「素人が。これだけ大人数で進んでいたら声なんて関係ねぇ、黙っててもモンスターは寄ってくる。足並みが乱れる方がよっぽど問題だ」

「……なるほど」

ベテランの経験がそう言わせるのなら、そうなのかもしれない。

そしてザムルグの行動は、実際その方針に沿っていた。

山に入ってからずっと、ザムルグは似たような指示を何度も飛ばしていた。一見無駄なようにも思えるが、急造パーティーで連携が難しいことを考えると、このくらいの細やかさは必要なのかもしれない。さらには常に全体に目を向け、何かあればすぐに進行を止める慎重さも持っている。

そう、ザムルグはその外見と粗野な言動に似合わず、慎重な男だった。

今回の攻略隊一行には二つのパーティーを丸ごと引き入れているが、そのリーダー二人とは、出発前にしつこいほど何度も打ち合わせをしていた。南の山の地形はすでに完璧に頭に叩き込んでいるようで、さらには仲間の装備まで自分で確認する始末だった。

しかも今回の二十一人のうち、なんと八人は斥候役だ。彼らは現在、パーティーの八方に散って周辺の警戒に努めている。戦力としては剣士や魔術師に劣るため、道中の安全のためだけに、実力のある斥候や盗賊職をそれだけ雇っているのだ。

南の山のボスは誰も見たことがなく、いくつか噂があるだけでその種族すらはっきりしていない。だがそれを踏まえても、異常な慎重さだった。

しかし――だからこそ、この男のパーティーがラカナのトップにまで上り詰めたのかもしれない。

「……チッ、面倒な雑魚が出たようだな。全員止まれ！　構えろ！」

斥候の一人が帰還し、前を行くパーティーリーダーの一人に駆け寄ったのを見て、ザムルグが即座に叫ぶ。

ほどなくして前方に、人の背丈の倍はあろうかというオークが、木々を分けて現れた。

黒みの濃い皮膚に、大きすぎる図体。

どうやらオークの上位種であるハイオークのようだ。

ぼくたちの一行を見下ろしたハイオークが、おもむろにその太い棍棒(こんぼう)を振るった。

巨木すらもへし折りそうな一撃。

だがそれは――前衛を務めていた華奢な女騎士の持つ盾に、あっけなく弾き返された。

攻撃を防がれ、たたらを踏むハイオーク。そこに、後衛からの矢と魔法が襲いかかる。

猛攻を受けあっという間に絶命したハイオークが、重厚な音と共に地面に倒れ伏した。

「ようし、進行再開だ。素材には構うな！　釣りが出るほどの報酬はくれてやる！」

オークの死骸を避け、一行が歩みを再開する。

結構強力なモンスターだったと思うのだが、戦闘に参加した女騎士やその後衛も含めて、誰もが些事としか思っていないようだった。

どうやらザムルグは、相当に実力のある冒険者たちを集めたようだ。本来なら高く売れるであろう、ハイオークの死骸にだって誰も見向きもしない。

「徹底していますね。魔石の回収くらいしてもいいでしょうに」

「そんなことに体力と時間を使って、ボス戦で死んだら大間抜けだ」

「確かに。ちなみに出発してからずっと、前を行く二つのパーティーに戦闘を任せ、ぼくとあなたのパーティーは何もしていませんが……これでいいんですか？　反感を買いそうなものですが」

「雇い主は俺様だ。何の問題がある」

「……」

「そもそも、道中の雑魚退治があいつらの仕事だ。ボスはあくまで俺様のパーティーがメインで討伐する。そういう契約で相応の報酬を約束してるんだ、文句は言わせねぇよ」

「……そうですか」

この男のことだ。引き入れた時点で条件のすり合わせは入念に行っていたことだろう。不和が原因で引き返すなんてことも、これじゃ期待できそうにない。

ぼくの思惑など知りもしないザムルグが、鼻を鳴らして付け加える。

「それに、あいつらがこの程度の戦闘で不平なぞ垂れるか。モンスターを倒しながら三日は歩き続けるような連中だぞ」

「ふうん。どうせなら、ぼくもそちらの役割がよかったですね」

「はっ、馬鹿言うな」

ザムルグが、ぼくを見下ろして言う。

「そんなことのためにわざわざ引き入れるか。お前は戦え」

「……」

「何ができるかは知らねぇ。だがもしもの時は……その実力を見せてもらうぞ」

「……」

どうも、かなり力を買われているようだった。

まあモンスターを放ってギルドを破壊したり、アミュたちのパーティーを活躍させたりと、一応心当たりはなくもない。

だが……前世では力ある武者などに、初対面から警戒されたこともあった。この男にもそういう、妙な勘所があるのかもしれない。

ぼくは内心で溜息をつく。

これはダメだな。

もう山頂も近い。道中、何か自然な要因で引き返してくれることを期待していたが……やはり手を出すしかないか。

ぼくは不可視のヒトガタをはるか前方に飛ばしつつ、片手で小さく印を組む。

《召命――塗壁(ぬりかべ)》

しばらくすると、進行方向に散開していた斥候数人が、血相を変えて戻ってきた。

その異様な様子に、ザムルグはパーティーの進行を止める。

「どうした、何があった⁉」

「そ、それがリーダー、壁が……」

「壁ぇ?」

「森の中に壁があるんだ！　あれじゃ進めねぇよ！」

「はあ?　んな馬鹿なことがあるか！　チッ……斥候役に全員戻るよう伝えろ。ここから進行速度を半分に落とす……それと、武器を抜け。警戒しながら進むぞ」

ザムルグは、さすがの慎重さを見せた。

異常事態の報告に、散開させていた斥候を全員戻し、彼らの安全を確保すると同時に本陣の戦力を増強する。

進行速度は落ちるが、正体不明の敵が近くにいるとなれば当然の警戒だった。まあ、そういうのではないんだけど。

やがて――本陣からも、その威容が目に入るようになる。

「なん、だ、これは……」

仲間たちと共にそれを見上げたザムルグが、呆然と呟く。

それは、木々の高さにも匹敵する、巨大な壁だった。

漆喰で塗り固められたようなくすんだ白の壁が、左右に果てしなく続いている。森には明らかに場違いなそれだったが、しかし人の手によるものにもまったく見えない。

少なくとも言えるのは、これを乗り越えて進むのは難しいということだ。

「ど、どうする、リーダー……」

「……チッ。全員壁から離れろ。指示があるまで勝手なことはするな」

ザムルグがおもむろに戦斧を振り上げると、壁に向かって叩きつけた。

鈍い音が響き渡るが、壁には傷一つ付かない。

何度も何度も戦斧を振るうザムルグだったが、結果は同じだった。

「……魔法。それと矢だ。使えるやつはやれ」

すぐさま火球や矢が壁に襲いかかる。

しかし壁には焦げ跡すら残らず、矢も弾かれるばかり。

やがて後衛の攻撃も止むと、一行の間には沈黙が降りた。

「困りましたね。これでは進めそうにない」

ぼくは素知らぬ顔で言った。

もちろん、ぼくは困らない。意図した通りだった。

塗壁は、道行く人間の前に立ち塞がって歩みを阻む、壁の姿をした妖だ。

この壁は乗り越えようとしても回り込もうとしても、果てしなくその方向に伸びていく。その本質は神通力を用いた幻術に近く、物理攻撃の一切が通じない。害を与えてくることはないが、力押しでの突破はほぼ不可能な、ひたすらに鬱陶しい妖だった。

一応こいつを消す方法はいくつかあるものの、この場ですぐに思いつけるようなものでもない。ザムルグたちが突破することは不可能だろう。

「あの……セイカ様。塗壁を用いることが、『妙案』だったのでございますか……？」

髪の中で、ユキが若干がっかりしたように言った。

そうだよ。単純で悪かったな。目的は果たせるんだからいいだろうが。

ユキを無視し、ぼくはしらばっくれて言う。

「ボスモンスターの能力でしょうか？　いずれにせよ、不測の事態です。ここは引き返した方がいいと……」

と、その時。不意に、大きな力の流れを感じた。

山頂の方から、上空をものすごい速さでこちらに近づいてくる。

不測の事態だった。ぼくは焦る。

「えっ、あっ」

「……チッ、そうだな。お前の言う通りだ。こいつが何かはわからねぇが、道中でここまでの想定外が起こっちまった以上、今回の討伐行は諦めるべきだろう……。悪い、お前ら。俺様の調べが足りなかったせいで、この状況は予想できなかった。これ以上粘るのも危険だ。備えの残っているうちに引き返……」

ザムルグが言い終える前に――空から、巨大な影が差した。

全員が、それを見上げる。

上空を飛行していたのは、羽を持ったトカゲのような姿。

だがドラゴンとは違う。前肢がなく、代わりに羽が生えており、飛び方は鳥に近い。

ドラゴンに似ているが、ドラゴンとは異なるモンスターを、この世界では亜竜と呼んでいた。

あれは、その一種――ワイバーンだ。

本来なら、強力ではあるものの恐れるほどのモンスターではない。専門ではないはずの帝国軍にすら、時折討伐されている。

しかしあれは、大きさが違った。

成体のドラゴンに迫るほどの巨体。体の所々からは蔓のような植物が垂れ、端の破れた翼膜(よくまく)が、その生きた年月の長さを物語っている。

誰かが叫んだ。

「エ、エンシェントワイバーンだ！　オレのじいさんが言ってたことは本当だったんだ‼」

ぼくは顔を引きつらせる。

完全に予想外だった。力の気配はずっと移動もしていなかったから……まさか、ボスモンスターが飛行能力を持っていたなんて。

本当なら、ボスの側からの接近すら塗壁で阻めるはずだった。しかしいくら壁の妖でも、飛んでいるやつの前に立ち塞がることはできない。

ま、まずい……。

焦るぼくを余所に、いち早く我に返ったザムルグがメンバーに檄を飛ばす。

「全員、構えろ！　間違いねぇ、あれがボスだ！　エンシェントワイバーンなら息吹も吐く！　一カ所に固まるな！」

その声と同時に、こちらを見下ろしたワイバーンが顎を大きく開き、赤い口腔を見せた。

次の瞬間、緋色の火炎が吐き出される。それはドラゴンの吐くような帯状の炎ではなく、人の火属性魔法に似た火球だった。

逃げ惑う冒険者の頭上で――――しかし火球はあっけなく消滅。木々への延焼がないことを確認すると、ぼくは結界の起点にしていたヒトガタを散らす。

やはりドラゴンに比べれば大したことなさそうだ。しかし……これはどうしたものか。

年経たワイバーンは、明らかにぼくらを狙って姿を現したに違いなかった。

ずっと森の奥で静かに過ごしていた亜竜の主を、果たして何が動かしたのか……塗壁を出したのが悪かったのか、それともこの人数で縄張りに近づいたせいなのかはわからない。

なんでもいい。とにかく今は、壁の向こうに帰ってもらわなくては。

こちらを見据え、直接攻撃すべく降下を始めたエンシェントワイバーンへ、ぼくは一枚のヒトガタを飛ばす。

《火土金の相（かどごん）――震天光（しんてんこう）の術》

小太陽のごとき強烈な光が、空中で炸裂した。

突然のことに、全員が呻き声を上げて目を押さえる。

《震天光》は、火薬に金属粉を混ぜて着火し、目がくらむほどの光と爆音を生み出す術だ。マグネシアの銀（マグネシウム）の粉末が、一瞬で燃え尽きることでこれだけの光が生まれる。間近で食らえば立っていることすらも難しいが、一方で威力はごく低い、不殺の術でもあった。

いくらボスのワイバーンでも、あれはさすがにひるむだろう。

このまま何発か撃てば、きっと縄張りに逃げ帰ってくれるに違いない……と考えながら、目の前にかざしていた腕をどける。

ぼくはあんぐりと口を開けた。

「は……？　げっ！」

エンシェントワイバーンが、落ちてきていた。

羽ばたきが弱く、ふらふらしている。《震天光》一発で、完全に前後不覚になってしまったようだった。

弱っ！

人間に倒されるくらいだから、ボスといえどそこまで強くないだろうと予想はしていたものの……まさかここまでとは思わなかった。

しかもこのままだと、あろうことか壁のこちら側に落ちる。

や、やばいって……。

いや、《震天光》でひるんでいるのは人間の方も同じだ。今のうちになんとか向こう側へ叩き返せれば――――。

と、思ったその時。一行の中で、一つだけ動く影が目に入った。

戦斧を手にした大男。

一行のリーダーたる重戦士、ザムルグ。

視力が戻りきっていないのか薄目を開けたザムルグが、それでも体格に見合わぬ機敏な動きで、ワイバーンの落下地点へと駆けた。

そして、その戦斧を下段に構える。

「ぬぅううおおおおおおおッッ‼」

振り上げるように放たれた戦斧が――――落ちてきたワイバーンの首を、その一撃で断った。

「ええーっ⁉」

ぼくは思わず叫んでいた。

案の定――――森全体から、灯りが落ちたように力の気配が消え去る。

首を落とされたワイバーンの翼が勢いのままにぶつかり、ザムルグがもんどり打って倒れた。

そのまま、動かない。

「リ、リーダー……？」

「ザムルグ……お、おい、大丈夫か……」

動ける数人の仲間が、恐る恐るザムルグへと声をかける。

大男は腕をつき、ゆっくりと立ち上がった。

弾き飛ばされた際に負傷したのか、左足を引きずっている。だが確実な歩みで、自らが落としたワイバーンの首へと近づいていく。

そしてその傍らに、土と血に塗（まみ）れた戦斧を突き立てた。

「ボスを倒したのは、誰だ……」

「えっ……」

「ボスを倒したのは誰だ‼　言ってみろッ‼」

「ザ、ザムルグだ」

「リーダー……」

「そうじゃねぇ。そうじゃねぇだろ……全員だ」

「……！」

「全員が倒した。お前らがいたからこそ、俺様はボスを討てた……。ここにいる全員が、ボスを、倒したんだ」

「お、オレ、オレたちが……」

「そうだ。俺様たちが、倒した……。ボスを討伐したッ！　南のダンジョンを、完全攻略したんだッ‼　喜びやがれッ‼」

「う、うおおおおおおっ‼」

「リーダー‼」

「ザムルグ！　ザムルグ！」

歓声の中、ぼくは一人呆然としていた。

な、なんでこんなことに……。

「お前らぁッ、帰ったら祝杯だ‼　酒場の樽を飲み尽くすまで奢ってやる！　森を出るまで気を抜くんじゃねぇぞ‼」

一行の間から、再び歓声が上がる。

喜んでいないのは、当たり前だがぼくだけのようだった。

◆◆◆

ザムルグの宣言通り、その日はそのまま酒宴の流れとなった。

本来であれば、あれだけのボスモンスターを解体し、素材を街まで運ぶには大人数でも一日以上かかる。

しかし、ぼくが死骸を丸ごと位相に仕舞ってしまえば話は別だ。どうやらザムルグは、ぼくが容量無限のアイテムボックスを持っているという噂を聴き、帰りのことまで考えて勧誘したらしい。

まったく周到な男だ。

というわけでぼくは今、ザムルグの討伐パーティーの面々と一緒にギルドの酒場にいる。

ちなみに、大金が入ったのだからもっといい店にしようという仲間からの提案は、ラカナにはギルド以上に大きな酒場がなく、全員で騒ぐと迷惑がかかるというまともすぎる理由でザムルグが却下していた。

実は小心者なんじゃないかという疑惑が、ぼくの中に生まれている。荒くれ者の冒険者らしい振る舞いは、ひょっとしたらそういう役割を演じているだけなのかもしれない。

「遠慮するなお前らぁッ！　好きなだけ飲め！　おい酒が足りねぇぞ！　どんどん持ってこい‼」

「ヒューーッ！　リーダーー！」

「亜竜殺しの英雄、ザムルグに乾杯だ！」

それはそれとして、うるさい。

喧噪（けんそう）から離れたテーブルで一人、黙々と杯を空けるぼく。まったく、どうしてこんなことになってしまったのか。

あのエンシェントワイバーンは、どうやら本当にボスだったようで……予想通り、下山する際に遭遇するモンスターは激減していた。

ロドネアの地下ダンジョンの時と同じだ。核が失われれば、ダンジョンは力を失う。獣に近いといえど、モンスターは化生の類だ。自然に生きていたものを除いて、ダンジョンという異界の力にすがって存在していたモンスターたちは、ボスの討伐と同時に死に絶えてしまったのだろう。

やはりボスが、核の役割を果たしていたのだ。

ぼくの仮説が証明されたわけだが……それだけにまずい状況だ。これで龍穴代わりになっているボスモンスターは、残すところ東の山の一体のみとなってしまった。

何も起こらなければいいが……。

「お兄ちゃん！」

と、その時。喧噪の中、甲高い子供の声が、傍らから聞こえた。

ふと目をやると、そこにいたのは五、六歳くらいの白い半森人(ハーフエルフ)。いつか見たエイクの甥っ子、ティオだ。

冒険者たちがひしめく酒場の一角に、すました顔で突っ立っている。なんでこんな場所にいるのかわからなかったが……とりあえず、ぼくは笑いかけてみる。

「どうした、坊や」

「はい」

と言って、ガラスの小瓶を手渡された。

不思議に思いながらも素直に受け取る。中に詰まっているのは……どうやら、砂糖菓子であるようだった。

少量ではあるが、嗜好品としては高級な部類だろう。ぼくはティオへ訊ねる。

「これは？」

「お祝い」

「えっ」

「おー、なんだ、ここにいたのか」

という声と共に人混みをかき分けてやって来たのは、ラカナの卸商、エイクだった。

「おじちゃん、おそい！」

「お前はまた勝手にいなくなるなよ……」

困ったようにそう言って、エイクがティオの頭をわしゃわしゃと撫でる。

それから、ぼくへと向き直って言う。

「聞いたぞ、ランプローグの坊ちゃん。南のボスモンスターを倒したんだってな。あんたならやるんじゃないかと、俺は思ってたぜ」

「はあ……」

「そいつは今回の祝いと……あとは、この間の礼だ」

「礼？」

「ティオと遊んでくれただろう」

「それは、アミュたちで……ぼくは何も」

「そうか？　それなら、あの子らにも分けてやってくれ」

エイクが、ティオの頭に手を置いて言う。

「こいつの両親は、夫婦そろって冒険者でな。泊まりがけでダンジョンへ行くことも多いから、よくこうして預かってるんだが……俺も普段は仕事があるせいで、あまりかまえていないんだ。しかもこいつ、妹に似たのか喧嘩っ早くてなぁ。見た目のせいもあるのか、子供らの間では浮いてるみたいで……だから、また遊んでもらえるか？」

「それは……いいですけど……」

「頼んだぜ。あの子らにもよろしくな」

「お姉ちゃんに、また勝負しよって言っといて！」

ぼくは少し笑って、ティオへと視線を落とし、答える。

「はは、わかったよ。お姉ちゃんに伝えとく」

去って行く二人の後ろ姿を眺める。

小瓶の砂糖菓子を一つ摘まみ、口へと運んだ。高級品なだけあって、甘い。昔天竺（てんじく）で食べた砂糖菓子よりも、ずっと上品な味だった。

麦酒の杯を傾ける。やはり、酒には少々合わない。

「辛気くせぇやつだな、セイカ・ランプローグ。こんなところで飲んでやがるのか」

唐突に、近くの席へザムルグがどっかと座った。

ぼくは小瓶を仕舞い、大男を横目に見て言う。

「怪我の具合はよさそうですね。でも、酒は控えた方がいいと思いますよ」

「これくらいの怪我がなんだ。勝利の美酒が一番うまいのは今夜じゃねぇか。飲まねぇやつは冒険者じゃねぇ」

と言って、酒杯を呷る。

今回のボス戦唯一の負傷者と言えるのが足を折ったザムルグだったが、神官の治癒魔法ですでに治療は済んでいた。とはいえ、まだ全快とはいかないはずだ。やせ我慢だろう。

「はっ、それにしてもお前、まさかあれほど光属性魔法に通じていたとはな。解呪の結界に、ワイバーンを墜とした　あの魔法……俺様でも聞いたことがねぇ。ランプローグ家の秘伝か何かか？　なんでもいいが、やはり俺様の見立ては正しかった。お前がこの冒険の一番の功労者だ」

「……」

「そういや噂で聞いたぞ。こっちも相当いける口らしいな。どうだ、飲み比べでもするか？」

「……暢気なものですね」

「あ？」

「あなたも、気づいているはずでしょう……南の山は死んだ。あのボスモンスターが核だった。これで、ラカナが得られる富は大きく損なわれることになる。少なくない冒険者が、生活に困ることになるでしょう」

「はっ、心配ねぇよ」

と言って、ザムルグは再び酒杯を呷る。

「ボスモンスターが倒されたことは大昔にもあった。その時もこうして、一時的にモンスターが減ったらしい。だがな、一年と経たないうちに元に戻ったそうだ。どの山でもな。ここはそういう場所なんだよ」

ザムルグは、まるでそう聞かれることを予期していたように続ける。

「それにモンスターの消えた山でも、稼ぐ方法はいくらでもある。これまで危険なモンスターが巣くっていた場所にだって行けるようになったんだ。価値のある鉱物の採掘も、希少な薬草の採取もし放題だ。ダンジョンが復活した時を見越して、詳細な地形図を作ったっていい。目端の利く連中はすでに動き出している頃だろうよ。こういう時、強欲なやつらは強いぞ……そしてダンジョンが復活した時、この街はますます力を付けることになる」

ザムルグがまた酒杯を呷る。

「もっとも、腕っ節ばかりで不器用なやつだっている。そういうやつらにゃ、ギルドがしばらく食糧の配給でもすりゃあいい」

「収入の減ったギルドに、そこまで面倒を見る余裕があると?」

「エンシェントワイバーンの死骸を一匹丸ごとくれてやれば、財源としちゃあ十分だろう」

「……！」

「あのレベルの素材なら、一体で途方もない値が付く……。ギルドとしても、腕の立つ冒険者が減るのは困るはずだ。あとは俺様が一言言い添えてやれば、その通りになるだろうさ」

「……そしてギルドと街の冒険者に恩を売り、亜竜殺しの栄誉まで得たあなたは、ますますラカナでの影響力を増す……と、そういうことですか」

「はっ、そこまで考えちゃいねぇさ。俺様はただ、力と名誉を求めるだけだ。冒険者らしくな……だが、そうだな。結果的に……そうなっちまうだろうなぁ」

そう言って、ザムルグは笑う。その笑みは、前世でも何度か見た、謀略家の浮かべるそれに似ていた。

ザムルグという冒険者の、いったいどこまでが本物なんだろう。

ぼくは、とりあえず舌先だけの返答を返す。

「……まあ何にせよ、食い扶持を得る方法はありそうで安心しました。ただ、東の山のダンジョン探索や地下水道のスライム退治の仕事は、しばらく取り合いになりそうですね」

「ああ、東の山な」

ザムルグが怠そうに言う。

「あっちも、長くは持たねぇだろうな」

「……は？」

不吉な言葉に、ぼくは訊き返す。

「どういう意味です」

「どういう意味も何もねぇ。ロイドの野郎がボス討伐の計画を立ててんだろうが」

「彼が……ボス討伐を成し遂げると？」

ぼくは硬い声音で言う。

「彼には、あなたほどの力はない。あなたがぼくの助けを借りてようやく倒せるほどのモンスターを、『連樹同盟』が容易く狩れるとは思えない」

それが今日の戦闘を終えての、ぼくの所感だった。

ボスモンスターは思った以上に弱かったものの、それでもやはり、人が相手するには荷が重い。

ぼくを除いたザムルグの一行が全力で立ち向かって、五分。ぼくの見立てはそんなところだ。

「容易くはねぇだろう。だが……おそらく奴はやるぞ」

しかし、ザムルグはそう言い切る。

「あんな男だが、それでも自分のパーティーをラカナ第二位にまで育て上げた実績がある。奴がいけると踏んだなら、攻略は時間の問題だろうさ」

「……」

「確かに、腕っ節は俺様の方が上だ。だが奴は……あー、噂では帝国軍将校の隠し子だったか？　知らねぇが、とにかくパーティーを率いる才覚がある。俺様がらしくもなく功を急いだのは、このままでは先を越される確信があったからだ。下手をすれば今日にも……」

その時――――酒場の入り口付近から、喧噪が聞こえてきた。

数人の冒険者が興奮冷めやらぬ様子で、詰めていたギルド職員と話す声。

「チッ……やっぱ今日だったか。先を越したというよりは……ギリギリで競り勝ったと言うべきだろうな……」

　ザムルグが、小声で忌々しげに呟いた。それから、口を開く。

「ロイド‼」

　突然響いた馬鹿でかい胴間声に、酒場にいた全員がザムルグを振り返る。

　それは、ギルド職員と話し込んでいた数名の冒険者も同じだった。

「……ザムルグさん」

　冒険者のうちの一人、全身が土と血に塗れたロイドが、わずかにできた静寂の中小さく呟く。

「遅かったなぁ！　俺様への祝いの言葉はなしか？」

「……聞きましたよ。おめでとうございます、ザムルグさん」

　言葉とは裏腹に、ロイドの声音には不機嫌そうな響きがあった。

「南のボスを討伐されたそうですね。その様子なら、怪我もなかったようで」

「まぁな。で……お前の方は？」

「多少は苦労しましたが、なんとか」

　ロイドが口元だけの笑みを浮かべる。

「幸い、死者も出ずに済みました。結果としては上々ですよ」

「はっ、よかったじゃねぇか。今日は俺様の奢りだ。飲んで行けよ」

「遠慮しておきますよ。残念ながら、まだまだやることがたくさんありますから」

　その時、ぼくは思わず席を立った。

ロイドの視線がこちらを向く。

「おや……ランプローグ君。そこにいるということは、ザムルグさんが引き入れたという噂は本当だったんだね。残念だよ……少なくとも君がいたら、あの大きなアビスデーモンの死骸を今日中に街まで運べたのに」

「……ロイドさん」

ぼくは恐る恐る口を開く。

「まさか、東のボスを……」

「ああ。確か、君には話していたはずだったね。その様子だと、本当に成功するとは思っていなかったかな？」

「一つだけ……教えてください。ボスを倒した後、ダンジョンは消滅しましたか……？」

ロイドは一瞬目を見開いた後、うなずく。

「モンスターの数が極端に減っていたから、おそらくね。だけど心配することはない。これまでもあったことなんだ。じきに元に……ランプローグ君？」

答えを最後まで聞く前に、ぼくはギルドの酒場を飛び出した。

何度か転移まで使って、逗留中の宿へとたどり着く。

息をつく間も惜しく、ぼくは大部屋の扉を勢いよく押し開けた。

「アミュ！　イーファ！　メイベル！」

三人が驚いた様子で小さく声を上げ、目を丸くして突然入室してきたぼくを見た。

ちょうど着替えていたタイミングだったようで全員下着姿だったが、今はそんなことを気にしている場合ではない。

「いいか、落ち着いてよく聞いてくれ」

「セ、セセセセイカくん……っ⁉」

「あ、あんたはこの場面でなんで落ち着いてるのよ⁉」

「……出てって」

毛布で体を隠したり、ベッドの陰に隠れた三人が睨んでくるが、ここで引き下がるわけにはいかない。

「言いたいことはわかるが、今はそれどころじゃないんだ。なるべく早く、この街を出る必要がある」

「は、はあ？」

「……追っ手？」

「違う。もっと面倒なことだ。とにかく朝までに、荷造りを済ませてくれ」

どれだけの猶予(ゆうよ)があるかはわからない。

数ヶ月か、数年か、はたまた数百年か。あるいは、ぼくの心配がまったくの杞憂(きゆう)に終わる可能性すらある。

だが——その逆も、十分あり得る。

下手をすれば、明日にも。

「馬車と食糧は、夜が明けたらぼくが調達してくる。説明は後で……」

その時。

街が、震えた。

「わわっ、な、なに？」

「じ、地震かしら……？」

揺れは、すぐに収まった。

小さな揺れだ、建物が崩れるほどじゃない。

しかし、ぼくは慄然（りつぜん）としていた。

これは、地揺れじゃない。火山の噴火でもない。まさか……ここまで早く起こるとは。

ぼくは部屋を横切って、窓を開け放つ。

夜に薄ぼんやりと見える城壁。その向こうに——たくさんの、力の気配があった。

「これが……そうなのか」

初めて見知る現象だったが、確信があった。

龍脈の災害が——モンスタースタンピードが、始まったのだと。

震天光の術

マグネシウムの燃焼によって強烈な光を発生させる術。黒色火薬の成分から木炭を抜き、マグネシウムやアルミニウムといった燃焼しやすい金属粉を多めに混ぜることで、激しい爆風の代わりに強い光と音を生み出す火薬ができる。閃光手榴弾などと同様の原理であり、無力化を目的とした術であるものの、さすがに至近距離で受ければ高温の燃焼ガスなどで軽くないダメージを負う。

其の三

翌朝、ラカナでは蜂の巣を突いたような騒ぎが起こっていた。

夜のうちに迫っていたモンスターの第一波を、城壁に詰めていた衛兵が察知したらしい。

市長に報告が行き、すぐに戦力の増強がなされ……日が昇り始める頃には、スタンピード発生の事実は、街全体に広まっていた。

「……ひどい有様だな、これは」

宿の屋根から、ぼくはラカナの街を見晴らす。

まだ、城壁は突破されていない。

大量のモンスターに包囲され、脱出こそ不可能になっているものの、堅牢な城壁はかろうじて大群を押しとどめており、防衛が叶っている。

しかしそれにもかかわらず、街の中にはすでにモンスターが入り込んでいた。

翼を持つ一部のモンスターが、城壁を飛び越えて侵入してきているのだ。

市民は建物の中に避難し、今は冒険者たちが、街を襲うモンスターたちを退治して回っている。だがすでに少なくない被害が出ているようで、ラカナのそこかしこから悲鳴が上がっていた。

まだギリギリで人間側が優勢であるが……もしも城壁外に迫っているモンスターの一部でも

侵入を許してしまえば、それもあっけなく覆るだろう。

明け方に見た街の外の光景は、絶望的なものだった。

多種多様なモンスターが、無秩序な雲霞のごとくこの街に押し寄せてきている。まさしく災害だった。他のモンスターを踏みつけてまで城壁に取り付く様からは、人の住む地を貪ろうとする激烈な意思だけが感じられた。

城壁の上からは、今も衛兵や冒険者の矢や魔法が、壁面を登る虫型モンスターを落としている。

サイラス市長の指揮により、街の冒険者たちがいち早く防衛に参加したおかげで、今の均衡がある。ザムルグやロイドも、パーティーを率いてこの防衛に参加していることだろう。

しかし、いつまで持つかはわからない。

城壁の一部が破られたり……あるいは、地中を移動するモンスターが侵入口を作ってしまえば、それで終わりだ。奴らには城門を開ける知恵こそないだろうが、物量の桁が違う。

援軍は期待できない。帝国の意思以前に、人間の軍がこの災害をどうにかできるとは思えない。

ラカナは、ほどなくして滅びを迎えるだろう。

と、ぼくは振り返る。

「ああ、三人とも。準備はできたか」

アミュにイーファ、メイベルが、宿の屋根に上がってきていた。

この場所を襲うモンスターはいない。空を飛ぶキラーバットやキメラを《薄雷》で墜とし、ガーゴイルを《発勁》で弾き飛ばしているうちに、ぼくに近づいてくるモンスターはいなくなってしまった。

と、そこで、ぼくは首をかしげる。

「あれ、荷物は？」

「セイカ……これから、どうするつもりなの」

不安そうに言うアミュ。ぼくは安心させるように笑って答える。

「そりゃあもちろん、逃げるんだよ」

「逃げるって、そんなのどうやって……」

「どうとでもなる」

《召命――蛟》

空間の歪みから、鱗を纏った青く長い体が、朝の空に現れる。

初めて目にする龍の姿に、三人は目を丸くして固まっていた。

できれば妖の姿は見せたくなかったが、仕方ない。もう、他のまともな方法で脱出できる時機は逸してしまった。

龍の巨体を背景に、ぼくは彼女らへ笑いかける。

「これまで黙っていたけどぼく、実はモンスターを何体かテイムしていてね。こいつで飛んでいこう。なに、乗り心地はドラゴンと変わらないさ。イーファは覚えているだろう？」

「セ、セイカくん、でもこれ……ドラゴンじゃ……」

「似たようなものだよ。四人でも大丈夫、これだけ大きいんだからね。さあ、早く荷物を取ってきなさい。見つかって騒ぎになると面倒……でもないか、別に」

見られたとしても、どうせ滅びゆく街の人間だ。口を封じる必要すらもない。

「ま、待ちなさいよっ」

その時、アミュが硬い声で言う。

「逃げるって……あたしたちだけで？」

「ああ」

「じゃあ……この街のみんなは、どうなるのよ」

ぼくは笑みを消し、首を横に振る。

「どうにもならないよ。欲望の街が、欲をかきすぎたために滅ぶんだ。これも運命だろう」

「そんな……」

アミュが声を震わせて言う。

「あんた、こんなモンスターを持ってるのなら……スタンピードをなんとかすることだって……」

「できるかもしれないな」

「それならっ」

「この街は救えるだろう。で、仮にそうするとして、次はどうする？」

「え……？」

「君がどうしてもと言うのなら、多少の頼みは聞こう。それで、ぼくはどこまで救えばいい？　この先スタンピードとは関係なく、モンスターに襲われる冒険者は？　街の外で獣や野盗に襲われる商人は？　暴漢に襲われる女は？　飢饉に見舞われた余所の村などはどうする？　あるいは、人々どうしでの戦争は？」

「……」

「ぼくなら、どこへだって行ける。たいていのことはできる……だけど、すべては無理だ」

ただ最強であるだけでは、全員を救うことなどできはしない。

「どこで線引きする？　誰を救い、誰を見捨てるんだ？」

「……」

「ぼくの意思に任せるというのなら、親しい者は助けよう。だが、赤の他人の世話までしてやるつもりはない」

「……」

「わかったか？　ならば、これ以上聞き分けのないことを言うな。早く荷物を……」

「他人じゃないわよっ！」

だが——アミュはそう、強い口調で言った。

「だって……ここには、ティオがいるじゃない。あの子は、どうなるのよ」

その言葉に、ぼくはわずかに目を見開いて固まった。

イーファとメイベルが、アミュに続く。

「アイリアさんや、ウォレスさんたちも……今、がんばってるんだよね……？」

「エイクに、ニドたちもいる」

それは全員、ぼくも知った名だった。

アミュが、ぼくから一歩遠ざかる。

「あたし、行かないわ。みんなが戦ってるのに……ここで自分だけ逃げたら、一生後悔する」

「……。君らも同じか？」

イーファが、ためらいがちに言う。

「わ、わたしは……セイカくんが逃げるって言うなら、ついてくよ。でも……セイカくんは、本当にそれでいいの……？」

「何……」

「セイカ」

メイベルが、ぼくを見据えて言う。

「セイカが、私を助けてくれたとき……別に私たち、仲良くなかった」

「それは……君一人の時とは、状況が違う」

「セイカにとって、状況なんて関係ない。そうでしょ？」

「……」

「セイカは、本当は、どうしたいの？」

二人ともそう言ったきり、動く気配はない。

ぼくは内心苛立(いらだ)つ。

ぼくがどうしたいか……？　そんなこと、今はどうでもいい。

この街に残っても、未来はない。たとえ勇者であっても、今の弱いアミュが、あのモンスターの群れをどうにかできるわけもない。

こうなれば、無理矢理にでも連れて行くしか……、

「セイカさま」

その時、耳元でユキのささやき声が聞こえた。

「再び無為な進言を奉(たてまつ)ることをお許しください。ユキに……考えがございます」

訊き返す間もなく、ユキが言う。

「この街の民を皆、セイカさまが手ずから、先に黄泉(よみ)へと送られてはいかがでしょう」

「っ……？」

困惑するぼくにかまわず、ユキが続ける。

「セイカさまならば、その程度のことは造作もないはず。彼らも物の怪に生きたまま喰われるよりは、安楽な最期を迎えられることでしょう。それに救うべき人間がいなくなれば、この娘たちも諦めがつくというもの。一挙両得にございます」

「……」

ユキの言うことは、まったく道理にかなっていた。

しかし……、

「抵抗がおありですか？」

「……」

「ならば、彼らを見捨てるというこれより酷な選択肢もまた、セイカさまのお心に沿わぬはず。かの世界で、力のままに人を助けてきたセイカさまにとって……本来ならば到底、受け入れがたいものにございましょう」

「……」

「お心のままになさればいいと、ユキは思います。前世のように。なにより……占いにだって、そう出ていたではございませんか」

だが……と言いかけた言葉は、ついに口から出てくることはなかった。

永遠とも思える迷いの沈黙を経て、ぼくは……蛟を振り返り、扉のヒトガタを向ける。

空間の歪みに、龍の巨体が吸い込まれていく。

妖（あやかし）の威容が消えた、朝の空をしばし眺め……ぼくは半身を向けて、彼女らへと告げた。

「今回だけだぞ」

「ほ、ほんとっ⁉」

喜ぶ彼女らを、ぼくは憮然（ぶぜん）とした顔で眺める。

何を言っているんだろう、ぼくは。こんなはずではなかったのに。

アミュが、気づいたように言う。

「あっ、でも、さっきのドラゴンみたいなやつ、帰しちゃってよかったわけ？　これから使うんじゃ……」

「いい。蛟は使わない。あいつは目立つからな……できるだけ、噂になりたくないんだ」

もう手遅れな気もするが……さすがにまだ、ヤケクソになるには早い。

ぼくは言う。

「あんなのに頼らずとも、なんとかしてみせるよ」

立派な市庁舎は、今は混乱の最中にあった。

「北の城壁に人を回せ。回復職（ヒーラー）も含めてじゃ。戦力が減りすぎとる。住民の避難が済んだのなら、街中でモンスターを狩っている連中を多少そっちにやっても構わん。飛んでくるやつらを相手していたらキリがないでのう、要所だけ守るようにせい」

慌てふためく人々の中心で、報告を受けるサイラスだけが、椅子にふんぞり返って鷹揚（おうよう）としていた。

ぼくは話しかける。

「ずいぶん余裕そうで」

「む……？　小僧か」

街の地図と被害状況の記録を見比べながら、サイラスが皮肉げに笑う。

「ふん、ただの空威張り(からいば)じゃ。ワシが狼狽(うろた)えておったら、部下が安心して動けまいて。しかし……貴様らも災難だのう。帝国から逃げてきた地で、スタンピードに遭うとは」

ぼくは、ここを亡命の地にと言った、フィオナの思惑を考える。

もしも彼女が、このスタンピードが起こる未来を視ていたのだとしたら……ぼくとアミュをここに送り込んだ意図がよくわからない。

ぼくを謀殺したかったのなら、手段としてあまりに手ぬるすぎる。この程度では死にようがないし、そんな未来が視えていたはずもない。

あるいは支援者であるラカナを救いたかったのなら、少なくともそのことを事前に伝えたはずだ。成功してもぼくに不信を抱かれうるような真似を、あの聖皇女が安易にするとも考えにくい。

だからこの事態は、きっとフィオナも予見できていなかったのではないだろうか。未来視の力だって、決して万能ではないはずだ。

どちらかと言えば、そう思いたいという気持ちが強いが。

サイラスがぶっきらぼうに言う。

「ワシは忙しい。用があるならさっさと言え。いくら姫さんの客人といえど、逃がせという相談は聞けんぞ。そんなことができるのならワシがとっくに逃げとるわ」

「この子らが手伝いたいと言うので」

ぼくは、後ろのアミュたちを顎で示す。

「使ってやってください。戦力になると思いますよ」

サイラスが顔を上げ、ぼくたちを見る。

「……戦力が必要な場所に安全などはないが、いいんだな？」

「そんなの、冒険だって同じじゃない。今さらよ」

アミュが言い返すと、サイラスはふと笑った。

「北の城壁へ行け。治癒魔法を使える者はいるか？」

アミュと、そしてイーファが手を上げる。

「金髪の嬢ちゃんは魔術師か、なら回復に回れ。そっちも欲しかったところだ。勇者は魔法剣士だったな。ちょうどいい。城壁の上はモンスターが飛んでくる、剣も使えた方が好都合じゃ。そっちの斧使いは、飛び道具は扱えるか？」

「一通りできる。弓、貸して」

サイラスがにやりと笑う。

「城壁塔の近くにいる者に言え。いくらでも寄越すだろう。準備ができているのなら、すぐにでも向かえ。向こうは増員を今か今かと待っておる」

「ええ」

アミュがうなずく。

「じゃ、セイカ。行ってくるわね！」

「ああ……気をつけるんだぞ」

「うん！　セ、セイカくんもがんばってね！」

東へと駆けていく三人の後ろ姿を見送っていると、サイラスの声がかかる。

「して、小僧。貴様は何をする気だ？」

「もちろん防衛のお手伝いですよ。ただ、あなたの指示には従えません。ぼくはぼくでやることがあるのでね」

「……ほう」

「サイラス市長。あなたはこの戦い、どの程度勝ち目があるとお思いですか？」

サイラスが表情を消す。

「……こんなものは戦いですらない。いつか来るのではないかと恐れておったが……並みのスタンピードとはレベルが違う。山火事の炎を手水(てみず)で消すようなものじゃ……ラカナは、滅ぶだろうの」

「そうですか。ぼくの見立てとは違いますね」

ぼくの言葉に、サイラスが眉をひそめた。

「何……？」

「勝ち目がある、ということです」

ぼくは、街の周囲に広がる力の流れに意識を向ける。

何かを生み出すには、必ず対価が必要になる。

それはあらゆる物事で変わらない、真理の一つだ。

モンスターも、無から生まれ出てくるわけではない。

ぼくはサイラスへと笑みを向ける。

「皆の奮闘があれば、勝てます。あなたはそのまま、ここで指揮に励んでください」

ラカナで最も高い塔の真上から、ぼくは街を見晴らしていた。

聖堂の鐘楼（しょうろう）だった。時を告げる役割も、モンスターを呼び寄せる危険があるため今は果たしていないが、何かを知らせるには都合のいい場所だ。

「セイカさま」

頭の上から顔を出し、ユキが言う。

「よろしかったのですか？　あの娘たちを戦場（いくさば）に送ってしまって。万が一ということもありますし、てっきりセイカさまならば、目の届くところに置いておくものだと……」

「目の届くところには置いているさ。あの子らのことはちゃんと式神の目で見ている。身代（みのしろ）も作ったから、致命傷を受けたくらいで死にはしないよ。いざとなったら助けにも入れるしね」

カラスの目に意識を向けると、三人ともなかなか活躍しているようだった。

メイベルは弓も扱えたようで、城壁を登ってくる大型のモンスターを重力魔法付きの矢で叩き落としている。イーファは負傷者の治癒も、空から強襲してくるモンスターの迎撃も担えるため、城壁塔の拠点で重宝されていた。

そして、アミュだ。

剣も魔法も使え、治癒すらも自分で行える万能の勇者。

だが戦力として以上に、あの子の活躍は他の皆の励みになっているようだった。

戦いぶりに華がある。あの子自身も生き生きとしている。何より可憐な少女の奮戦は、周りを奮い立たせているように見えた。

戦場でこそ輝く人間というのは、確かに存在する。アミュがそうであることに、いささか複雑な思いもあったが……今はこれでいい。

「あの子たちも、いずれは自分の力で生きていくんだ。いつまでも過保護なのもよくないだろう」

「いえその、十分、過保護に思えますが……」

ユキが呆れたように言った。

「して、セイカさま。ここでは何を？」

「つまらない為政者の真似事さ。耳を塞いでおけよ、ユキ」

「……？」

「あ、あー」

頭上からの音を聞きつつ、ヒトガタに組んだ式を調整する。

西洋の風変わりな音楽家曰く、音とは空気の振動であり、時間あたりの振動数という形で数式に直せるそうだ。

この数式の通りに発声すれば、理論上どんな音でも歌える。のみならず、一部を直せば高低や、音量なども自在に変えられるのだという。

おもしろいと思い、自分でも式を組んだことがあったのだが……まさか、こんな場面で役立つ日が来るとは思わなかった。

ぼくは息を吸い込む。

「戦士諸君よ、聞け‼　朗報だ‼」

大気を震わす大音声が、街全体に響き渡った。

城壁で戦う冒険者が、怪我人の治療を行う者が、建物に避難していた住民たちが、何事かと顔を上げる様子が式神の目に映る。

ぼくの声は、手に持ったヒトガタを通じて一度数式に直され、振幅を大きく増幅された後、はるか頭上に浮かべたヒトガタから再び音となって発せられていた。

鐘にも匹敵するほどの声が、再び響く。

「援軍の報せ（しらせ）が入った‼　じきに外からの助けが来る‼　もうしばらくの辛抱だ‼」

街全体が、にわかに色めき立った。

すでに目的は達したが……ぼくはなんとなく、続けて言う。

「其の方ら勇者たちの活躍は、千年にわたって言い伝えられることだろう‼　今こそ奮え（ふるえ）、戦士諸君よ‼　先の語り部を担う、子や孫たちの未来を守れ‼」

冒険者たちの間から、勇ましい鬨の声が上がる中……ぼくは式を解き、ヒトガタを散らす。

「あの、セイカさま。いつの間に援軍の報せなど……」

「嘘に決まってるだろ、あんなの」

「ええ……」

「いつ終わるか知れない戦いなら、絶望に折れてしまう者もいる。だが、わずかにも希望が見えていれば別だ。誰もが死の間際まで必死に戦う。人間とはそういうものだ……彼らには、もう少しがんばってもらう必要があるからね」

「うむ、まるで暴君の台詞でございますね……。バレたらどうするのです？」

「勝ってしまえば酒盛りが始まる。いつまでも来ない援軍のことなんて皆忘れるさ。人間とはそういうものだ」

「人とは愚かなものでございますねぇ……。ふふ、でも……」

頭の上で、ユキが小さく笑う。

「以前から考えていたのですが、セイカさまにはやはり……政治家の素質があると、ユキは思います」

「ぼくに？　馬鹿言うなよ。騙し合いとか苦手だぞ」

「そのようなものが大事だとは思いません」

「……？　じゃあ、なんだよ」

「大事なのは、誰もがちゃんと、セイカさまのお話には耳を傾けるということです。政治家の素質とは、なにより……人に好かれることなのではないでしょうか」

　ユキが言う。

「セイカさまの治める国は、きっと良き国になると、ユキは思います」

「ははっ、馬鹿馬鹿しい」

「むっ！」

　ぼくは冗談を聞いた時のような答えを返すと、不満げなユキに告げた。

「そんなことより、さっさとこの災害を鎮めるぞ」

　東側の城壁は、今最も苛烈（かれつ）な戦場となっていた。

　ポイズンラーバやヘルアントのような壁面を登る虫型モンスターが多く、明らかに手が足りていない。何度か乗り越えられては、剣や鎚を持った冒険者が慌てて撃退している危うさがあった。

「くそっ、魔力切れを起こす魔術師が出始めている……！　弓を扱える者は登ってくるモンスターの対処に回ってくれ！　それと、市長に魔術師の増援要請を……っ」

　邪魔にならないよう城壁塔の屋根に転移したぼくは、パーティーメンバーへ指示を飛ばすロイドへと声をかける。

「戦況はどうです？」

「うわっ、ランプローグ君⁉　は……はは、さすが市長だな。増援が早すぎる」

「まだ冗談を言えるくらいの余裕はあるようですね」

「まあ、ね。だがそれももうすぐ……品切れになりそうだよ」

「なるほど」

《火土(かど)の相――鬼火の術》

青い火球が、城壁の天辺に足をかけていた蟻(あり)型モンスターにぶち当たり、赤黒い体を下まで叩き落とす。

冒険者たちがぼくの術に驚く様子はない。他に上がってきていた二体への対処で手一杯なのだ。

ロイドが力なく笑う。

「君が来てくれて心強いよ。これで、もうしばらくは持ちこたえられそうだ」

「それは光栄ですね。じゃあひとまず、壁の掃除でもしましょうか」

「……？」

不可視にしていた何枚ものヒトガタを飛ばし、長く延びる城壁の各所へ均等に配置していく。

この術をここまで大規模に使うことは初めてだ。加減を間違えないようにしなければ。

城壁を登るモンスターの群れを見据えながら、手元で印を結ぶ。

そして、小さく真言を唱える。

《陽木火(ようもくか)の相――燈瀑布(とうばくふ)の術》

圧倒的な炎が、広い城壁を滝のように流れ落ちた。

膨大な量の火炎は、壁面に取り付いていたモンスターをすべて飲み込み、大地へと流れて緋色の海原を作っていく。

すさまじい熱気が、城壁の上にまで押し寄せていた。真下で燃え尽きていくモンスターの群れを、顔を出して見ることすら難しい。

周囲の冒険者たちと共に言葉を失っているロイドへ、ぼくは言う。

「城を攻めてくる相手に、煮え油を浴びせるのは定石でしょう？　それに火が付いていればなおよし、です」

《燈瀑布》は、荏胡麻（えごま）や橄欖（オリーブ）の油を熱し、火の気（ひのけ）で着火して放つだけの単純な術だ。

こんな単純な熱と質量が、多勢相手には何より有効となる。

「溶かした金属でもよかったんですが、城壁が傷みそうでしたからね。ここまで立派な城壁だと、修理するのも大変でしょう」

「は、はは……すごいな……まさか君は、これほどの……」

「しばらく燃えていると思うので、モンスターがまた城壁を登ってこられるようになるには時間がかかるでしょう。余所の様子も見てきたいんですが、ここは任せても？」

ロイドが、いくらか余裕の戻った顔でうなずいた。

「ああ……助かった。任せてくれ」

「では」

そう言うとぼくは、南の城壁を見ていた式神と、自分の位置を入れ替える。

南側の城壁には、壁を登ってくるモンスターは少なかった。

だが代わりに、飛行能力を持つモンスターが多く、城壁の冒険者たちは止めどない強襲に晒されていた。中には数人がかりでの対処が必須な、上位のモンスターも混じっている。

そのうちの一つ、ソードガーゴイルを戦斧で粉砕したザムルグへ、ぼくは話しかける。

「苦戦しているようですね」

「っ!?　お前かよ、脅かしやがって……」

「手伝いに来ました。そろそろ助けが必要かと思いまして」

「はっ、んなもんいるか……と言いたいところだが、虚勢を張ってもいられねぇ状況だな」

南の城壁で戦う冒険者は、明け方から目に見えて少なくなっていた。

城壁塔には負傷者がひしめき、数少ない回復職（ヒーラー）が必死で働いている。

いくら空を飛んでくるモンスターが多いといえど、実力者が揃っていることを考えると異常な損耗（そんもう）だ。

「あれだ」

ザムルグが、モンスターの攻めてくるはるか向こうを見据える。

視線の先には、一体のモンスターがいた。

でかい。大きさだけならばドラゴンにも迫るだろう。獅子の頭に、魚の尾が二本。背には蝙蝠の羽が六枚ついている。

それは、巨大になりすぎたキメラのようだった。

ぼくは目を眇める。

ずいぶんと不自然な力の流れだ。尋常なモンスターとは思えない。これも龍脈の影響か。

「あんなキメラは見たことも聞いたこともねぇ。でかすぎてまともに飛ぶこともできねぇのか、ずっとあそこに居座ってやがる。気味の悪ぃやつだ」

「かといって無害、というわけでもなさそうですね」

「ああ、あいつは……っ⁉　来るぞ！」

ザムルグが叫ぶと、城壁の冒険者たちが一斉に身構える。

キメラの獅子頭が、その顎を開き――――咆えた。

「グオオオオォォォ――――ウゥッ‼」

その衝撃は、一瞬の後に城壁の上を吹き荒れた。

おぞましい重低音の響きが、体の芯までをも震わせるような感覚。存在の格が違うかのような圧力に、誰もが竦んでいる。

当然、それはただの鳴き声に過ぎない。

傷つくことも、自由を奪われることもない。

だが——キメラの威圧を受けた冒険者たちは、明らかに動きが鈍くなっているようだった。先ほどまで優位に立ち回っていたモンスターに対しても、上手く対応できないでいる。

耳を塞いでいたザムルグが、忌々しげに吐き捨てる。

「チッ、あの咆哮だ！　あれのせいで体が思うように動かなくなる！　弓も魔法も届かねぇあの距離から、一方的に撃ってきやがるんだ！」

「なるほど」

咆哮は、狼系の上位モンスターなどがたまに持つ技だ。聴いた敵に恐慌を引き起こす雄叫びを放つ。

南の城壁が苦戦を強いられているのは、あの異常なキメラの咆哮による妨害が原因だった。

あれはなんとかする必要がある。

もちろん、ちょっと転移してぶっ飛ばしてくるのは簡単だが……そこまでの手間をかける必要もない。

「あの咆哮は任せてください」

「あァ？　何……」

ヒトガタを浮かべ、印を組む。

《召命——幽谷響》

空間の歪みから、小柄な妖が城壁塔の屋根へと降り立つ。

黒い毛並みの、犬とも猿ともつかない姿。首をかしげ、ぎょろりとした目でぼくを見つめている。

ぼくは、キメラの方を指さして言う。

「向こうを向け」

妖は一拍置いて口を開き、ぼくと寸分違わぬ声音で言う。

【向こうを向け】

「黙れ。いいから向こうを向け。次にぼくの真似をしたら殺すぞ」

「……」

幽谷響は、今度は素直にキメラの方を向いた。

ぼくはザムルグへと顔を戻す。

「これで大丈夫です」

「……おい」

ザムルグは、すでにぼくのことなど見ていなかった。

顎を開きかけていたキメラを見据え、叫ぶ。

「また来るぞッ！」

「グオオオオォォォ――――――――ウウッ‼」

キメラの咆哮が、再び響き渡る。

冒険者たちが竦み上がる城壁の上で、ぼくは幽谷響に目をやった。

恐ろしい咆哮を聴いた妖は、だが平然とかしげていた首を戻し……その小さな口を開く。

「【グオオオオォォォ――――――――――ウウッ!!】」

寸分違わぬ咆哮（ハウル）が、今度は自陣から轟いた。

空を舞っていたモンスターたちが、前後不覚になったかのように次々と墜ちていく。あの巨大なキメラすらも、おののいたように数歩後ずさっていた。

幽谷響（やまびこ）は深山（みやま）に住み、声や音を真似て叫び返す妖（あやかし）だ。

子供にもやられるくらい弱いが、その特性のためか音に対する物怖じはまったくしない。鬼の声だろうと龍の咆哮だろうと、聞こえれば関係なく叫び返す。

冒険者たちが呆然と固まっている中、ぼくはザムルグへと言う。

「これ、ぼくがテイムしているモンスターです。咆哮（ハウル）はこいつが勝手に撥（は）ね返すので、これからは一方的に不利になることもないと思います」

「は……咆哮（ハウル）を、撥ね返す……？　いったい何だ、このモンスターは……」

「置いていくので、あとは頼みます。あ、こいつかなり弱いので、他のモンスターにやられないよう守ってやってくださいね」

「わ、わかった……」

「では」

転移のヒトガタを使おうとしたその時、ザムルグがぼくを呼んだ。

「おい、セイカ・ランプローグ！」

「え？」

「全部片付いたら……飲み比べだ。忘れんなよ」

ぼくは鼻で笑って答える。

「ええ。ではまた酒宴の席で」

そして、北の城壁を見ていた式神と、自分の位置を入れ替えた。

北の城壁は、一時戦力が大幅に減っていたこともあって厳しい状況だったらしいが、サイラスの迅速な増援によって今は持ち直していた。

しかし、再び別の危機が近づきつつある。

城壁の上に転移したぼくは、ちょうど近くにいたアミュに声をかける。

「アミュ」

「ええっ、セ、セイカ⁉　いきなり現れるのやめなさいよ！」

驚いたようにぼくを振り返ったアミュが、額の汗を拭って言う。

「あんた、ここにいていいわけ？　なにかやることあったんじゃないの？　あと援軍が来るとか、でかい声で言ってたけど……」

「援軍は、ここだけの話、嘘だ。サイラスも否定していないだろうが、ただ混乱を避けるために口をつぐんでるだけだ」

「……やっぱり」

「そんなもの必要ないさ。さっきも、押され気味だった東と南の城壁を手伝ってきたところだ。西側は元々ダンジョンがないおかげでモンスターが少ないようだから、あとはここだな」

「そうね……ついさっき、面倒そうなのが出てきたのよ」

「わかってる」

アミュの視線の先にいるのは——巨人のごとき全身鎧だった。

リビングメイル、なのだろう。大きさはともかく、中身が空洞の鎧が動いているのなら、そう考えるのが自然だ。

ただ、異様でもあった。

普通のリビングメイル以上に、動きがぎこちない。足を踏み出すたびに鉄靴や膝関節の可動部が歪み、鋲が弾け飛ぶ。明らかに、自重を支えきれていないように見えた。

力の流れも不自然だ。あれも龍脈の暴走が生んだ、歪なモンスターなのだろう。

巨大なリビングメイルは、一歩、また一歩と、城壁に近づいてくる。

アミュが険しい表情で言う。

「あいつ……戦棍を持ってるのよ」

鎧が右手に持つのは、アミュの言う通り縁が組み合わさった戦棍だ。確かに、あの武器はまずい。

そうこう言っている間に、リビングメイルはすぐ近くにまで接近していた。

不安になるような動きで戦棍を振り上げ——それを、城壁の中ほどに叩きつける。

地揺れのごとき振動が、足元に起こった。

冒険者の多くがたたらを踏み、リビングメイルを指さして騒いでいる。見ると、城壁の一部がわずかに崩れているようだった。

ただし、攻撃した方も無事ではない。

腕が歪み、戦棍(メイス)自体も縁の数枚がひしゃげていた。

再び、戦棍(メイス)が叩きつけられる。城壁がさらに崩れ、鎧の鋲がいくつも弾け飛ぶ。

その光景を眺めて、ぼくは呟く。

「なんか、ほっといたら壊れそうだな」

「それって、鎧が？　それとも……城壁が、ってこと？」

アミュが不安そうな顔をする。

無論リビングメイルを指して言ったつもりだったが、そう思ってしまうのも無理はないだろう。

万が一、ということもある。

ただ……、

「硬そうだなぁ」

術を使うにしろ妖(あやかし)を使うにしろ、面倒そうだ。

ぼくは少し迷って……あいつを喚ぶことにした。

《召命――黒鹿童子(くろしかどうじ)》

空間の歪みから現れたのは……蓑と笠を纏い、手に大太刀を提げた、大きな黒い人影だった。

だが、人ではない。爪は太く鋭く、口には収まりきらぬ牙を持っている。

突然黒い人影が、鞘から刃を奔らせた。

神速の白刃は、しかしぼくの目前で、結界に阻まれて止まる。

「ふ、ずいぶんな挨拶じゃないか、黒鹿よ」

「ハルヨシ……貴様、ハルヨシ、か……」

黒鹿童子が太刀を引く。

その牙の隙間から、蒸気のごとき息を吐く。

「なんダ、その姿ハ……なんダ、この世界ハ。何故、此の身の……封じを解いタ」

「事情があってな。それより喜べ、黒鹿よ。お前の望みを叶えてやろう」

「何」

「見ろ、戦場だ。兵だ。お前が斬り結ぶにふさわしい敵だ」

ぼくは城壁の下を指す。ちょうど戦棍が振るわれ、足元に振動が伝わる。

黒鹿童子はリビングメイルの巨人を一瞥し、吐き捨てる。

「つまらヌ、化生ダ」

「つれないことを言うな。鬼斬りの武者に比べれば劣るかもしれないが、百鬼夜行など目じゃないほどの軍勢だろう」

「フン……よイ。長キ無聊の慰めにハ、なろウ。貴様の露ヲ、払ってやル、ハルヨシ……人ガ、よもや化生との約束ヲ、果たスとはナ……次の戦場モ、忘れるナ」

「ぼくは約束は守るさ。帰陣の祝いには、この世界の酒を振る舞ってやろう。楽しみにしておけ」

「……。ソれも、約束ダ。違(たが)えるナよ」

と言って――黒い人影が、城壁の下へと身を翻(ひるがえ)した。

真下にうごめく、おびただしいモンスターの群れの中へ落ちていく。

アミュが驚いたように身を乗り出す。

「ええーっ！　あの人、落ちてっちゃったわよ⁉」

「人じゃない」

その時――下方から微かに、涼やかな抜刀の音が聞こえた。

リビングメイルの、右腕が落ちた。

続けて左腕が、胴鎧が、両足が斬られていく。一瞬の残光と共に落とされた部位には、鋭利な切断面が作られていた。

リビングメイルが瞬く間にバラバラにされた後も、刃が閃(ひらめ)くたびにモンスターの群れは切り飛ばされ、駆ける黒い人影の周囲に血煙が舞っていく。あの分だと、北側のモンスターはそのうち殲滅されてしまうだろう。

呆気にとられる冒険者たちの中で、ぼくは小さく呟く。

「鬼さ」

黒鹿童子。

自ら固有の名を名乗る、鬼の剣豪。

丹波の深山に棲み、挑む者を求め、力ある武者を幾人も葬ってきた修羅だ。

とはいえ、龍を斬れるほどではないが。

あいつのいいところは、あんまり大きくないから目立たないところだ。今使うにはちょうどいい。

アミュが戸惑ったように言う。

「オニ、って……モンスターの名前？　あれも、あんたのモンスターなの……？」

「そんなところだ」

「じゃあ、あんたさっき、モンスターと喋ってたわけ……？　なに話してたの？　さっきのはもしかして、モンスターの言葉？」

不思議そうにするアミュに、ぼくは微笑を向ける。

「いや……遠い国の言葉だよ。まあそんなことはいいじゃないか」

と言って、城壁の先を見つめる。

まだ、か。

ぼくは転移用のヒトガタに意識を向ける。

「……そろそろまた東の城壁でも手伝ってこよう。じゃあ後は任せ……」

その時。

大地が揺れた。

「……！」

「な、なに⁉」

周りの冒険者たちも、何事かとざわめく。

一方で……ぼくは城壁からはるか先を見つめながら呟いた。

「出てくるか」

地面が盛大に噴き上がった。あまりにも高く舞った土埃（つちぼこり）が、風でこちらまで流れてくる。

茶色に霞む景色の中でのたうつのは、黒い影。

「な、なんだあれは⁉」

「でけぇ……あんなの見たことねぇ……」

「おい、あれまさか……ワームか⁉」

冒険者たちが騒ぎ出す。

長い体。目のない顔に、頭部のほとんどを占める大きな顎。

地面から頭を出してのたうっているのは、どうやら土中に棲む亜竜、ワームであるようだった。

ただし、その大きさは尋常ではない。

頭部の太さから見るに、その体のほとんどは未だ地面の下に隠れているのだろう。

だが見えている部分だけでも、それは通常のワームの何倍もの大きさがあった。

地面から上手く出られず、不器用にのたうつその姿は、体の自由が利いていないようにも見える。

龍脈の影響で肥大しすぎた、歪なモンスター。

ぼくは呟く。

「ようやく姿を見せたな」

地面の下から、少しずつ上に上がってくる気配はずっとあったが、ずいぶんと時間がかかったものだ。

その時、巨大なワームが大口を開き、激しく頭を振った。

その顎からあふれ出てきたのは――大量のモンスターだった。

ゴブリンにオーク、スケルトンにリビングメイルにガーゴイル。種類には統一性などなく、まるで嘔吐するように、ワームはおびただしい数の生きたモンスターを吐き出していく。

その姿は、苦しんでいるようにも見えた。

「な……なんなのよ、あれ」

「このダンジョンのボスだよ」

呆然とするアミュに言葉を返すと、困惑したような顔を向けられる。

「ボス？　どういうこと？」

「ラカナは今、一つの巨大なダンジョンになっているんだ」

すべてのダンジョンが消え、行き場を失った龍脈の流れは、出口を求めた。かつてのボスモンスターのような、龍脈の力を取り込めるモンスターを。

そして不幸にも、地中に棲んでいるがために龍脈に最も近く、たまたま力を取り込む能力に長けていた一体のワームに、すべての流れが集中してしまったのだろう。

一瞬ですさまじい力を得たワームは、この世界の法則に従い、核となって異界を形成する。

それはラカナをも飲み込んで——ここら一帯を、モンスターを発生させる巨大なダンジョンに変化させてしまった。

「で、あれがそのボスというわけだ。つまり——あいつを倒せば、スタンピードが収まる」

なるべく、あれが地上に出てくるまで待つ必要があった。

姿を直接見たこともなく、真名も媒介もなければ、呪詛は使えない。地中にいるまま倒そうとすれば、どうしても地形をめちゃくちゃにしてしまう。それこそ災害と同じだ。

「で、でも……あんなの、誰が倒すのよ」

「だから、ぼくが」

真顔でそう答えると、アミュは一瞬固まった後、大きく溜息をついた。

「……おとぎ話の勇者って、どのくらい強かったのかしらね。あんなのどうにかできたかしら？　あんたが魔王だったとしたら、勇者は人間の国を救えた？」

「それは……もちろん、そうに決まってるさ。何せ伝説の勇者なんだから」

笑顔で適当なことを言うと、アミュが微妙な顔をした。

「あたし、何をどうしたって、あんたを倒せる気がしないわ……」

「ぼくだって、死ぬ時は死ぬさ。人間だからね」

「ん……し、死ぬんじゃないわよ」

「はは」

いろんな感情が入り交じったような顔で言うアミュに、ぼくは笑った。

「あんなのでは死なないよ」

そして、戦場を見ていた式神と、自分の位置を入れ替えた。

モンスターの群れのただ中へと転移する。気づいたオークやスケルトンが襲いかかってこようとするが、さらに転移を繰り返す。

一瞬の後に、ぼくは巨大なワームの正面へと降り立った。

のたうつ巨体を見て、ぼくは呟く。

「哀れな化生だ」

その時、ワームが大口を開けた。

再び大量のモンスターが吐き出される。

向かってくるそれらを払おうとして……ぼくは呪(まじな)いの手を止めた。

視界の中で、幾条(いくじょう)もの剣線が閃く。

「露ハ、払おウ。ハルヨシ」

頭から、胴から。

視界を埋め尽くしていたすべてのモンスターが、両断されて崩れ落ちていった。

背後で、納刀の小気味良い音が響く。

「さっさト、やレ」

「助かるよ黒鹿」

ぼくは、浮かべたヒトガタをワームへと向ける。

印を組み、小さく真言を唱える。

金の気で生み出された鋼の壁が、目の前で形作られていく。

それは巨大なワームの顎でも、飲み込めないほどの大きさにまで広がっていく。

再びモンスターを吐き出そうと、ワームがのたうち、頭を振り上げた。

ぼくは呟く。

「何、すぐ済む」

《木火土金の相――震天炮華の術》

壁の向こうで、膨大な量の火薬が炸裂した。

耳をつんざくような爆音が轟いて、すさまじい衝撃に大気が波打つ。一瞬で世界から音が消え去るが、ほどなくして身代によって内耳が治癒したのか、周囲に喧噪が戻る。

辺りを濛々と白煙が満ちる中、ぼくは解呪のヒトガタを飛ばし、鋼の壁を情報の塵へと還していく。

再び目に映ったワームの体からは……頭部が完全に失われていた。

《震天炮華》によって放たれた無数の礫（つぶて）が、すべて削り取ったのだ。

薄く平面上に敷いた火薬が爆発する際、片面が重い岩や金属などに接していると、爆風のほとんどがもう一方の面に向かって放たれる性質がある。《震天炮華》はこれを利用し、鋼の壁に薄く貼り付けるよう火薬を配置することで、爆発の方向を前方に定め、その威力を強く集中させる術だ。

火薬を扱う宋の技術者から、伝え聞いた性質だった。

このすさまじい威力に、呪い（まじな）は関係ない。ただ多量の火薬と、知識に基づく工夫があるだけだ。

この世界の人間も、いずれは兵器でドラゴンを倒す日が来るかもしれない。

「……」

ワームの死骸は、まるで砂漠で死んだ獣のように、急速に干からび始めていた。

振り返ると、スタンピードの終わりの光景が目に映る。

空を舞っていたガーゴイルやキメラが墜ちる。スケルトンやリビングメイルは崩れ、オークやゴブリンは老い衰（おとろ）えたように地を這（は）う。かろうじて動ける一部のモンスターが、森の方へと逃げ帰っていた。

核が失われれば、ダンジョンは消滅する。その力に頼っていたモンスターたちも、同じ末路をたどる。

すぐ近くで、鬼の呟きが聞こえた。

「やハり、つまらヌ、死合いだっタ」

「そう言うな。喜べ、黒鹿。ぼくらは勝ったんだ」

ぼくは小さく嘆息し、微笑と共に告げる。

「たとえ楽に拾えた勝利でも……ちゃんと喜ばなければ、彼らに失礼だろう」

「知らヌ。知らヌが……彼らとハ、どちらダ。人カ、それとも……化生カ」

鬼の問いに、ぼくは答えない。

城壁からは、遠く歓声が聞こえてきていた。

燈瀑布の術

高温に熱した植物油に火をつけて放つ術。十一世紀に使われていた灯油としては、ヨーロッパではオリーブ油が、日本では荏胡麻からとれる荏油が主流だった。なお、一般的な植物油の引火点は三百度前後であり、あらかじめそこまで加熱しておかないと火がつかない。

震天炮華の術

指向性を持たせた爆発を発生させる術。平面状に薄く敷いた爆薬が爆発すると、通常全方向に均等に拡散するはずの爆風は、前後左右方向に小さく、上下方向に強く発生する。この時、一面が比重の重い物質で覆われていた場合、爆発のエネルギーのほとんどがもう一方の面に向かって放たれる性質がある。これをミスナイ・シャルディン効果といい、現代ではクレイモア地雷や自己鍛造弾などに利用されている。

其の四

超大規模のスタンピードは、一日と経たないうちに収まった。

あれほどモンスターで満ちていた街の外も、今は静まり返っている。

龍脈から感じる力の流れは、今や半分以下になってしまっていた。さすがにあれだけの災害を起こすとなると、相当なエネルギーが必要だったのだろう。元に戻るまでには一年以上かかりそうだ。

逆に言えばそれだけの期間、再びスタンピードが起こる危険はなくなったと言える。

これからどうなるかはわからないが……おそらく龍脈の力が戻る頃に、また何匹かのボスモンスターが生まれ、それぞれの住処（すみか）にダンジョンを形成することだろう。

ここはそういう土地らしいから。

幸運なことに、街の被害は驚くほど少なく済んだ。滅多に起こらない大災害だったことを考えると、奇跡と言ってもいいほどだ。

もちろん、犠牲者は出ている。いずれは、街全体で彼らの葬儀を行わなければならないだろう。

しかし——今は、素直に勝利を祝う時だ。

やらなければならないことは多い。失ったものばかりに目を向けていては、これからの士気など上がるはずもない。

というわけで。

日が沈んだ時分。冒険者たちは、街の各所で酒盛りを行っていた。

ぼく自身もここギルドの酒場で、隅の方の席で静かに飲んでいる。

「ガッハッハッハッハッハッハッハ‼」

それにしても、うるさい。

ザムルグの豪快な笑い声は、向かいの店にまで届いていそうだ。

賑やかなのは嫌いじゃないが、こういう手合いはやはり苦手だった。

しかしなぜか、前世での友人はこんなのばっかだった気もする。きっと記憶違いだろう。

ちなみに酒盛りにはアミュたちも参加していたが、早々に潰れてしまったので隅の方で寝かせている。どうも彼女らは酒が弱いようだった。

「セイカ・ランプローグ！　おらこっちこい！」

ザムルグの胴間声が響く。

ぼくが渋っていると、腕を掴(つか)まれて強引に引っ立てられた。

「セイカ・ランプローグだ！　化け物ワームを倒し、街をスタンピードから救った英雄だ‼」

冒険者たちの間から、歓声が湧き上がった。

なぜかザムルグから火酒の杯が手渡される。そのまま飲み干すと、さらに歓声が上がった。

何しても喜ぶんじゃないか？　こいつら。

「あの火酒をよくそのまま飲めるね。ランプローグ君は相変わらず強いな」

たまらずロイドのいるテーブルへ逃げると、まずそんなことを言われた。

「飲みたくて飲んだわけじゃないんですが……まったく。よくここまで浮かれられる」

「ものすごい収入が街に入ることになるからね。生活の保障だってされるんだ、浮かれもするさ」

「どうですかね。すべての素材をすぐ換金できるわけもなし、慎重に売っていかないと大損しますよ。ダンジョンだってしばらくは元に戻らないというのに」

当たり前だが、スタンピードが収まった後、ラカナの周辺には大量のモンスターの死骸が残された。

つまり、宝の山だ。

それらは、いったん街の所有物になることが決まった。ラカナの古い法律にそう定められているらしい。冒険者たちが一斉に売りに出すと相場が壊れてしまうので、合理的な取り決めだ。

もちろんその代わり、毎月安くない額が全住民に支給されることとなった。戦いに出た冒険者は当然割り増しだ。最低でも向こう一年間、働かずに暮らせるとなれば、浮かれるのもわからなくはない。

ただし、今はダンジョンが消滅してしまっているので、冒険者たちに他に稼ぐあてはない。

生活費に消える以上、あまり無駄遣いはできない。

そのうえモンスターの素材を大量に在庫として抱えるラカナには、これから食い物にしてやろうとする商人たちが寄ってくることだろう。そいつらに騙されないよう、相場を維持させせつつ少しずつ売っていくのは、なかなか大変そうだった。

とはいえ、そこはあまり心配しなくていいかもしれない。

サイラスはやり手であるようだし、そのうえフィオナと手を組んでもいる。

まあ、うまくやることだろう。

そんなことを考えていると、ふとロイドの持つ杯に目が留まった。

「……あれ。今日はあなたも酒なんですね」

「ああ……仲間の弔いにね。こんな時は、私も少しくらい飲む」

と言って、ロイドは杯を傾ける。

そういう飲み方をする者も、今夜は多そうだ。

「おうロイド。酒を飲むのは結構だが、んな辛気くせぇ飲み方するんじゃねぇ！　今夜は勝利をぱーっと祝え！　パーティーリーダーが、ヒック、んな顔してると、仲間も浮かばれねぇぞ！　……それとなぁ、盛り下がんだよ。今後に障るぞ、その辛気くささは」

酔っているのか真剣なのか判断の付かない絡み方をするザムルグに、ロイドは少しだけ真面目な顔をして言う。

「……そういうわけにもいきませんよ。私の指揮が悪かったせいで、仲間を亡くしたんです。その責任を忘れて騒ぐ資格はない……現に市長だって、今夜の祝いの席は辞しているでしょう」

「親父は別だ。もう冒険者じゃねぇんだ、議長としてふさわしい振る舞いがあるだろうよ。だが俺様や、お前はどうだ？　冒険者じゃねぇか。自分で自分の生き様を選び、始末をつける冒険者。お前の仲間だって……そうだ。お前がクソほどもいるパーティーメンバー全員の生き死にに責任を持とうなんざ、傲慢なんだよ」

「それでもです。私は冒険者の流儀など無視し、彼らに自ら選ぶ自由を曲げさせてまで、パーティーでの成功を約束したんだ。ここで責任を持たなければ、私の言葉は嘘になる」

「はっ、んなこと言ってると、お前の仲間はそのうち甘えたことばかり言い出すようになるぞ。守られて当然、助けられて当然、自分がいい目を見られて当然、ってなぁ」

「かまいませんよ。むしろ誰もがそのすべてを当然と思いながら、この街で生きてもらいたい。仲間を失うのが当然、若くして死ぬのが当然などという考えは、絶対に間違っています」

「お前……」

「ああ、うるさいな」

ぼくは杯を置き、我慢できずに言った。

「口喧嘩なら余所でやってください。酒がまずくなる」

いつの間にか、テーブルの周囲は少し静かになっていた。

周りの冒険者たちも、ラカナを率いる二大パーティーのリーダー同士の言い合いに、何やら考え込んでしまっている様子だった。

「……セイカ・ランプローグ。お前はどう考える？」

「はい？」

「お前は……冒険者はどうあるべきだと思う」

「……」

ザムルグが急にぼくへそんな話題を振ってきたので、困惑する。

助けを求めるようにロイドへ顔を向けると、なぜか強くうなずかれた。

「そうだ、ランプローグ君。君の考えを聞かせてほしい」

「……」

よくよく観察すると、どうやら二人とも酔っているようだった。

溜息をつく。

酔っ払いの無駄話になんて付き合っていられない。

「……なら言わせてもらうが、其の方らはどちらも間違っている。どちらの方法でも、自分たちの理想にすら至れない。そもそも共同体の運営を軽く考えすぎだ」

ぼくは、なんか言い出した自分自身に困惑していた。

妙に熱くなっている。口が勝手に動く。

ひょっとして、ぼく酔ってるのか？

「ロイド、以前にも言った通りだ。人にはそれぞれ違いがある。均質なだけの教育では、それに適応できない落伍者が結局は出てきてしまう。さらにはただ指導者に身を委ねるだけの、競争の起こらない共同体はいずれ弱る。全員は救えず、ゆるやかに衰えゆく。そのような体制が本当に理想なのか？」

黙り込むロイドから視線を外し、次にぼくはザムルグを見る。

「ザムルグ、そちらも同じだ。冒険者の自由など錯覚に過ぎない。彼らが自分の意思で何かを選び取る機会など、その実ほとんどない。ダンジョンのような危険で情報に乏しい場所では、自らの工夫や努力以上に、ただの天運がすべてを決めてしまう。こんなものを自由と呼ぶのは、たまたま何かを勝ち取り得た成功者の驕り(おご)りだ。それとも、このような現状が理想だと言うのか？」

ザムルグまでも黙り込む。

ギルドの酒場は、いつのまにか静まり返ってしまっていた。

「なら……どうすりゃあいい」

やがてザムルグが、重々しく口を開く。

「俺様も、才能があるにもかかわらず死んでいった新入りを何人も知ってる。あいつらにダンジョンのことを教えるやつがいれば、もしかしたら今でも、酒を飲み交わせていたかもしれねぇ……。だがそれでも、ただ管理されるばかりの甘えた冒険者を作ることが、ラカナにとって良いことだとは思えねぇ」

「私の方針も、完璧とは言わない。だけどきちんと知識や技術を広めれば、つまらない事故で死ぬ冒険者は確実に減るはずなんだ。少なくとも、何もしないよりは……。君の言うような問題はあるだろう。だけど、他に方法は思いつかなかった」

ロイドが言う。

「もし理想の方法があると言うなら、教えてくれないか。私たちはどうすればいい」

「そのようなもの、ぼくは知らない。理想的な組織運営など、誰もが探し求めて決して手に入らない、そういった類のものだ。存在するとすら思わない。ただ……多少、マシな方法ならある」

「おい、なんだそれは」

「ぜひ聞かせてくれ」

身を乗り出す二人に、少々面食らう。

というか……ぼくはいったい、何を語っているんだろう。

それでも口はひとりでに動く。

「助けないのも、助けすぎるのもまずいなら……学びの機会だけを与え、あとは個々人の意思に任せてしまえばいい」

「……？」

「……すまない、具体的にはどうすればいいということかな？」

「ダンジョンで生き残るための知識や技術に、誰もが自由に触れられるようになればいいということだ」

少し語調を抑えて、ぼくは続ける。

「危険なモンスターの出現場所や、武器ごとの相性、トラップの見分け方など、冒険に必要な情報を、たとえば書物に記してしまう。それをギルドが管理し貸し出すでも、あるいは売りに出すでもいい。とにかく、それを望む者が手に取れるようにする。そうなれば……少なくとも、何も知らないままダンジョンに挑まざるを得ないような冒険者は減る。同時に、自ら必死に生き残ろうとする意思も、養うことができる」

言語や文字体系の関係なのか、この国ではたとえこんな荒くれ者ばかりの都市でも、文字を読める者は多い。

だから、こんなやり方でも十分だろう。

「もちろん、この方法が完璧なわけもない。自ら学ぶ意思を持たない者には何の意味もなく、また懸命に努力し知識を身につけた者であっても、時に天運次第で命を落としてしまう。ただ、其の方らの極端な方法よりは、いくらかマシというだけだ」

ラテン語の古いことわざに、天は自ら助くる者を助く、とあったのを思い出す。

結局、人が人に対してしてやれる手助けなどは、この程度が限界だろう。

酒場がざわつき出す中、ロイドとザムルグがやや呆気にとられたように言う。

「い、いやだが、それなら、確かに……」

「……内容はどうする。もしそんなもんを本当に作るなら……俺様のパーティーが、多少協力してもいいが」

「……いや」

自分に関係ないことなのに、どうしてこんな真剣に考えているんだろうと思いながら、ぼくは続ける。

「ここまでダンジョンがあるんだ。なるべくなら、大勢から情報を集めた方がいい」

「それは、だが……ランプローグ君。そう簡単に、協力してくれる者が集まるだろうか……？　報酬を用意するにしても、新人への援助が目的なら、額にも限度がある気がするが……」

「半人前が適当な情報を寄越したらどうする。それが原因で死人が出たら、笑い話にもならねえぞ」

「人数は、おそらく心配するまでもなく集まる。こういう催し事に手を挙げる人間は意外と多いものだ。情報の正確さは、ある程度は割り切るしかない。有志で検証してもいいが、最悪、版を重ねる毎に信用が増していけばそれでいい。もしどうしても懸念するというなら……情報に紐付けて、提供者の名を載せればいいだろう。面子を重視する冒険者なら、安易なことは決して言えなくなる。同時に、これを名誉の報酬と思い、協力しようという者も増える」

「……！」

「な、なるほど……」

酒場のざわつきが大きくなる中……ぼくは、逆にだんだんと冷静になってきた。

まったく、何をこんなに喋っているんだか。

誤魔化すように杯を傾けながら、ぼくは切り上げるように、目を伏せつつ告げる。

「……ぼくは、所詮ここでは新参者だ。冒険者の事情なら、其の方らの方がずっとよく知っているだろう。こんな酔漢の戯れ言を、それでもやってみようと思うなら……あとは、皆で話し合えばいい」

言い終えると同時に、酒場の冒険者たちが口々に話し始める。

「……要するに、ダンジョンのことを書いた本を作るってんだろ？」「ザムルグのパーティーも協力するんだよな」「おもしれーな。オレはやるぜ！」「んな金誰が出すんだよ。ギルドか？」「議員でもいいぞ」「出資者の名前も載せてやれ。金持ちに名誉を買わせろ」「新人に読ませる分はギルドが管理すりゃいいが、売り出して収益化もできれば最高だな」「上位のパーティーなら金も持ってる。見込みはあるぜ」「バカお前、ねぇよ！　本がいくらすると思ってんだ」「まあ聞け。なんでも最近、帝都では活版とかいう――――」

急に喧噪が戻った酒場の中――――ザムルグが、太い笑い声を上げた。

「ガッハッハッハ！　なんだなんだ、こいつらすっかり乗り気じゃねぇか！　お前は面白えことを考えるなぁ、セイカ・ランプローグ」

手元の杯を飲み干し、それから一言付け加える。

「よし。んじゃ、後は任せたぞ」

「は？」

ぽかんとして訊き返すぼくに、ザムルグは呆れたように言う。

「おいおい、ここまで大事にしておいて、まさか後は知らないなんて言わねぇよな？」

「……そうだね。私たちはただの冒険者だ。こういったことは、家や学園できちんと教育を受けてきた君の方が適任だろうと思う」

「……」

別に、学園で本の作り方を習ってきたわけではないのだが……。

ぼくは溜息をついて言う。

「……そこまでは知らないな。先にも言った通り、あとは自分たちで話し合って決めればいい。手伝いくらいならしてやってもいいが、ぼくが主導するつもりはない」

聞いたザムルグとロイドが、微妙な表情で沈黙し……それから口を開いた。

「お前は知恵があるようだが、肝心なところで馬鹿だな。セイカ・ランプローグ」

「は？」

「これだけ盛り上がってんだ。あと半月もしないうちに、お前の話は街中に広まるぞ。ラカナを救った英雄が考えた、新人冒険者を助ける妙案だっつってな。そして誰かとすれ違うたびに言われるようになる。ダンジョンの本はいつできる？　どこで見られる？　オレの名前を載せてくれ！　ってな」

「はあ？」

「そうですね……いや、それだけならまだいい。後ろで寝ている、君のパーティーメンバーもせっつかれるようになるかもしれない。下手をすれば、市長や他の議員からも」

「……はあ？」

ぼくは口をあんぐりとあけた。

もしかして……最高に余計なことを言ってしまったのか？

ザムルグとロイドは、共に笑って言う。

「ま、諦めろ」

「私たちも、できるだけ協力するよ」

それから案の定、忙しくなってしまった。

ギルドの一室にて。

「セイカ」

隣の机で朝からずっと書き物をしていたメイベルが、視線も向けずに言う。

「私たち、冒険者になったのに……なんでこんなことしてるの」

その恨みがましそうな口調に、ぼくはわずかな沈黙の後、答える。

「ごめん」

応接用のテーブルが置かれた一画からは、客と話すイーファの声が聞こえてくる。

「そ、そうなんですねー……北の洞窟に、そんな……あ、あはは……」

その声は、若干疲れているようだった。

客である、昔弓手であったという婆さんはもう三回同じ話を繰り返しているので、無理もないかもしれない。

あれから一月。

スタンピードの後始末が済んだ頃には、ザムルグとロイドの予想した通りに……新入りのための、冒険のノウハウを記した本が作られるという噂は、冒険者たちの間で広まってしまっていた。

しかも、発案者であるぼくの名前と一緒に。それも、ラカナのダンジョンを攻略するための本――攻略本などという、わかりやすい呼び名までついたうえで。

それからは最悪だった。

スタンピード鎮圧の功労者ということで、ただでさえ顔が知られてしまっていたぼくは、噂が広まるとともにかく話しかけられることが増えた。

話題はしかも、攻略本のことばかり。自分の名前も載せてくれと、道端でダンジョンの隠し通路やモンスターの弱点を語り出す馬鹿野郎どもが大量発生して、そのたびに逃げ回らなければならなかった。

ただでさえ自己顕示欲の強い冒険者が、今はダンジョンにも潜れず暇を持て余しているのだ。こうなって当然と言えば当然だったのかもしれない。

さらに悪いことに、彼らの矛先はどうやらアミュたちにも向けられたようで、あいつらなんとかしてと文句を言われる始末。

挙げ句の果てには宿にギルドの幹部がやって来て、当面の資金だと言って大量の金貨を置いていこうとした。慌てて追い返したが、翌日には自由市民会議の議員まで連れてきて――

ぼくはもう、諦めて首を縦に振るしかなかった。

もっとも、ラカナへの貢献を称えて銅像を建てますとかいう妄言だけは、なんとか撤回させたが。

「はあ……」

というわけで。

ギルドの一室を貸し与えられたぼくは、今日も資料のまとめにいそしんでいた。

ちなみに、部屋の外では話を聞いてほしい冒険者どもが列を作っている。

まったくいつまでかかるやら。

「どうしてこんなことに……」

「ま、いいじゃない」

運んでいた紙の束を、机にドスンと置いたアミュが言う。

「お金ももらえてるんでしょ？　どうせヒマだし、なにもしないよりはいいわ。それより……本を作るって、あんたそんなことできるの？」

「……一応」

前世でも、弟子向けの教本作りや単なる趣味で、何冊か書いていた。綴じ方などもまだ覚えている。

こちらの製本方法はまた少し違うようだが……まあなんとかなるだろう。

アミュが呆れたように言う。

「どうしてそんなことまで知ってるのよ。あんたってなんでもできるわね」

「もっとも、いつ完成するかはわからないな。あの行列が消えてくれない限りは」

「あー……」

アミュが言いよどむ。

「でも、あたしもあいつらの立場だったら……あんたを捕まえて知ってること喋り倒してたかも」

「ええ……君もか？」

「酒場でもよく、自分の冒険譚をでかい声で喋ってるやついるでしょ？　みんな語る機会に飢えてるのよ。隙を作ったあんたが悪いわ」

「隙ってなんだよ。まったく、面倒な連中だ」

「あはは、なによ」

アミュが笑って、それから言う。

「あんたが助けた連中じゃない」

◆◆◆

市長がやって来たのは、日が中天にさしかかり、アミュたちが昼食を買いに出た時だった。

「やっておるのう、小僧」

ニカッと笑いながら言うサイラスに、一人休憩していたぼくは顔をしかめる。

「何の用ですか」

「いや何、面白そうなことを始めたと聞いてな」

「白々しい……ギルドの幹部や議員に根回しして、資金を都合させたのはあなたでしょう」

聞いたサイラスは、豪快な笑い声を上げる。

「カッカ！　なんじゃ、バレておったか。何、スタンピードの時には援軍だなどと馬鹿でかい声で嘯き、こちらをやきもきさせてくれおったからのう。その意趣返しとでも思っておけ」

「街を救った英雄に対し、ずいぶんな仕打ちだ」

「おう、では銅像でも建ててやろう」

「……頼むからやめてください」

渋い表情をするぼくに、サイラスはカッカと笑い、そして部屋の中を見回す。

「貴様はすっかり、この街に受け入れられたな。セイカ・ランプローグよ」

「そうですか。まあ、あれだけ頑張って受け入れられなかったら、さすがに報われませんよ」

「いんや……スタンピードは関係ない。貴様はその前から、すでにラカナの一員だった」

口を閉じるぼくに、サイラスは続ける。

「ザムルグのように、武勇と実績で周囲を認めさせるか。あるいはロイドのように、この街に新たな価値観をもたらし、人を惹きつけるか……。貴様を初めて目にした時、ワシは前者の類と見たが……同時に後者のように、街を変えてしまう可能性もあると考えていた。どちらでもよかった、それがラカナの力となるならば。だが……小僧。結局貴様は、どちらでもなかったな」

「……どちらでもないなら、なんだって言うんです」

「貴様の周りには、自然と人が集まる」

サイラスは、静かに続ける。

「力はある。常人には持ち得ない知恵も。だがそんなこととは関係なく……貴様はどうも、他人に懐かれる類の人間だったようだ。カッカ！　このワシが人の性を見誤るとは、耄碌したものよ！」

「はい？　そんなことは……」

「的外れか？　では、これまではどうだった？」

これまでは、どうだっただろう。

思えば前世では……確かに、ぼくの周りにはいつも誰かがいた気がする。

弟子たちに、武者や修験者の友人。変わり者の貴族に、苦労人だった陰陽寮の術士。宋や西洋で出会った者たち。人語を解す妖。病で亡くした妻に、哀れな帝。

生まれ変わってからも……あるいは、そうだと言えるだろうか。

前世と同じ轍を踏まぬため、いざとなれば切り捨てるつもりだった者たちのことを――

ぼくはまだ、誰も切り捨てられないでいる。

「……さあ。忘れてしまいました」

「ふん、そうか」

とぼけるぼくを、サイラスは鼻で笑う。

「力や知恵などより、それはよほど貴重な才じゃ。せいぜい大事にせい」

サイラスが帰ると、室内には静けさが戻った。

受け付けは次の鐘が鳴るまで再開しないと言ってあるので、冒険者連中の作る行列も今は消えている。

「……あの者は、なかなか鋭い人間でございますね」

頭の上から、ユキが顔を出して言う。

「セイカさまの気質を見抜くとは」

「あれ、やっぱり当たってるのか……？　正直あんまり自覚ないんだが」

「なにをおっしゃいます。前世ではあれほどご友人がいたではございませんか」

「今生ではそうでもないぞ。親しい人間なんてあの子たちくらいだ」

「生まれの家の者たちとの関係はよいではございませんか。それに、学び舎の長には認められ、妙ちきりんな姫御子には懐かれ、この街の荒くれ者連中には慕われてもおります」

「ここの冒険者は、ただなれなれしいだけだと思うけどな」

「そんなことはございませんよ。セイカさまは、今でも人に好かれる気質をお持ちだと、ユキは思います」

断言するユキに、ぼくは思わず苦笑する。

「はは、人に好かれる気質か。本当にそんなものを持っているのなら、ありがたいことだが……狡猾に生きるには、少しばかり持て余してしまうな」

聞いたユキは、わずかな沈黙の後に、おずおずと口を開く。

「あの……セイカさま。後悔されては、ございませんか？」

「ん？」

「この街をお救いになられたことについてです」

急にしおらしくなったユキが続ける。

「あの時ユキは、それがセイカさまのためになると思い、恐れ多くもあのような進言を奉りました。しかしながら……所詮は、浅薄な妖の考えることにございます。セイカさまの深き目論見に、もしや水を差してしまったのではないかと……」

「なんだよ、お前。そんなこと考えてたのか」

ぼくは笑って頭の上に手を伸ばし、小さな妖を指の腹で撫でる。

「気にするな。目立たなかったとは言えないが、幸いにも龍や大呪術を使わずに済んだんだ。あの程度を為す術士なら、さすがにこの世界にだって何人かいるだろう。為政者に危険視されるほどじゃない。問題ないよ」

スタンピードの際に奇妙なドラゴンを見たという者が何人かいたようだが、噂はそのうち消えてしまった。

あの混乱の最中だ。キメラか何かを見間違えたのだろうと、だいたいの者が思ったようだ。

本当にドラゴンがいたならば、街が無事であるはずもない。

蛟を見られた弊害も、その程度のものだった。

「それに、不思議と後悔はしていない。今は救ってよかったと思っているよ。結果的に生活の場を守れたし、フィオナへの詫びにもなった。お前が言ってくれたおかげだ、ユキ」

「む、そ、そうで……ございますか？」

ユキの声音が、少し明るくなる。

「ふ、ふふ！　それならば、よかったです！　ユキがお役に立てたということですね！」

「ああ、お前の言うことを聞いてよかったよ。それに……あれに関してはぼくも少し、責任を感じていたからな」

言ってから、最後のは余計だったかと思った。

案の定、ユキが触れてくる。

「それは、南のボス討伐を防げなかったことをおっしゃっているのでございますか……？　さすがに、そこまで気にされなくても。誰にだって予見できない事態はございましょう」

「あー、いや、そっちは……そこまで気にしてないんだが……」

「……セイカさま？」

頭の上から逆さに首を伸ばし、ユキがぼくの顔を覗き込む。

「なにか、ユキに隠していることがおありなのですか？」

「えーっと……ほら」

ぼくは、視線を逸らしながら言う。

「ぼくが一度捕まえて、逃がしてしまった鹿のモンスターがいただろう？」

「はい」

「あれ、たぶん……北のボスだったんだよな」

「……………ええぇーっ⁉」

ユキが驚愕の声を上げた。

「そ、そうなのでございますかっ⁉」

「力の流れを見る限りは……おそらく」

捕まえた時は、単にちょっと強そうなモンスターだとしか思ってなかったが。

「た、たしかにユキたちがこの街に来る前から、北の山は力が失われていたという話でしたが……」

ユキが動揺したように言う。

「あの鹿の物の怪は、セイカさまが位相に封じたせいで、怯（おび）えて逃げていってしまったのでございますよね……？　で、ではまさか、あの災害が起こった原因の三分の一は、セイカさまにあったのでございますかっ⁉」

「いやそんなわけあるかっ！」

ぼくは慌てて言い訳する。

「そもそもあの鹿は、捕まえた時点で北の山からは離れた場所にいただろう！　ダンジョンから力が失われたのも、ぼくが封じるよりもずっと前だ！　きっと元々渡りの性質があるモンスターで、あの時はどこかへ移り住むつもりだったんだよ！　いなくなったことにぼくは関係ない！」

「ならばなぜ、責任など感じておられるのですか」

「そ、それは……まあ、一度は捕まえたわけだからな。あの時逃がしてしまわずに、なんとか山に戻していれば、スタンピードの前に北のダンジョンを復活させることもできたかなー……と」

あの鹿のモンスターが北のボスだった可能性に気づいたのは、すべてが終わった後だった。

思い返すと、なんとも間の抜けた話だ。

「無論、ぼくだってなんでもできるわけじゃない。今さら悔やんでも仕方のないことだとはわかっているが……気づけていればできたことがあったかと思うと、どうしてもな」

「そうでございますか」

と言って、ユキはあっさりと頭を引っ込めた。

それから、きっぱりと言う。

「では、今はせいぜい、書物作りにお励みくださいませ」

「え……いや、なんでそうなるんだよ」

「セイカさまに今できることは、なんですか？」

「ええ……まさか、これだって言いたいのか？」

「自明にございましょう。あの時できたはずなのにと、次は後悔なさいませぬよう」

ユキが澄ました調子で言う。

「お好きだったではございませんか、こういうの」

「……確かに、な」

ぼくは苦笑して、ガラスのペンを再び手に取る。

「仕方ない。やるか」

窓から涼風が吹き込み、紙の端を揺らす。

秋が近づいていた。

番外編『黒野太刀』

丹波国(※現代の京都府、兵庫県、大阪府の一部)の山深きところにて、その黒い鬼は生まれた。

妖の生まれに、通常由来はない。

母の胎から這い出るわけでも、卵殻を破り産声を上げるわけでもない。黒い鬼は、他の多くの怪異と同様に、忽然と世界に現れた。

しかし、由来はなけれど因果はある。鬼の傍らには、狼藉の挙げ句に村を放逐され、息絶えた咎人の死体があった。

生まれたばかりの黒い鬼は、まるで弱々しい存在だった。

その命運も、長くは持たぬように見えた。

人の認識がなければ、妖は遠からず眠りにつく。そして、人が近くに現れた時のみ目を覚まして、驚かし、喰い、呪い、あるいは言葉を交わし、認識を得る。自身の構造がやがてすり減り消え去るまで、それを続ける。眠りと人。その繰り返しこそが妖の生であり、すべてであった。無論、この黒い鬼にとっても。

だがこの鬼が生まれたのは、不幸にも普段は里の住民が分け入らぬ深山だった。一度も人と出会うことなく、永遠に目覚めぬまま風化していくか。あるいは人の認識なくとも長く意識を保てるような、強大な妖に取り込まれてしまうか。弱き怪異のたどるありがちな末路を、この鬼もたどるかに思われた。

ただ、この黒い鬼には一つ、他の怪異にはない性向があった。

それは、眠りへの恐怖だ。

多くの怪異にとって身近なそれを、この鬼は恐れた。それは彼を生んだ、仇討ちに怯え夢見すらままならなかった咎人の想念がそうさせたのやもしれぬ。とにかく、眠りの気配がひたひたと這い寄ってきたその時、こらえきれぬ恐怖がその鬼を襲った。

鬼は、深山を駆けた。

恐怖から逃れるよう、ひたすらに。

地獄に仏という言葉がある。眠気の襲う妖としての生がこの鬼にとっての地獄なら、仏とは人だった。

疾走の末に見つけたのは、滝を下ろうとしている、一人の若い山伏だった。

鬼は、その山伏に襲いかかった。

通常、山で修行を行う山伏は、獣や怪異に対する手立てを携えている。この若い山伏とて例外ではなく、このような弱い鬼など本来相手にもならぬはずだった。

だが幸運なことに、ちょうど滝を下ろうとしていた山伏は、鬼の襲撃に満足に対抗することができなかった。為す術なく、岩場を転げ落ちていった。

鬼は、それを追いかけていく。

「う……あ……」

沢に倒れ、山伏はまだ生きていた。

脊椎（せきつい）を折ったのか、足はぴくりとも動かぬ。折れた骨が臓腑（ぞうふ）に刺さったのか、口から血を吐いている。

しばらく、山伏は生きていた。生きて、恨み言を吐きたげに、鬼をじっと見ていた。

だが……やがて鼾（いびき）のような喘鳴（ぜんめい）を漏らすと、息絶えた。

「……」

もう、眠くはなかった。

体に力も湧いてくる。

鬼は、どう生きればよいのかを悟った。

◆◆◆

鬼は、人を襲うようになった。

里近くまで下りては、山に分け入る猟師や杣人（そまびと）を襲った。たまに山伏を見つけると、危険を顧（かえり）みず襲った。なるべく恐怖させながら殺し、時に生きたまま喰らった。そうやって、眠気を晴らしていった。

安全な狩りばかりではない。それどころか、弱い鬼にとっては常に命がけだった。

たとえ妖（あやかし）の体であっても、暴力は苦痛に感じるし、死は厭（いと）う。だがそれでも、眠りへの恐怖がすべてに勝(まさ)った。

襲い続けるうちに、鬼は反撃してくる人間への対処を覚えていった。振り下ろされる鉞(まさかり)の躱し方、射かけられる矢の防ぎ方、そして破邪の呪符や印、言霊(ことだま)への抵抗の仕方までも。

傷を負い、呪(まじな)いに体を灼(や)かれながら、鬼は戦いの術(すべ)を学んだ。

人を襲うたび、少しずつ力が強くなり、体が大きくなっていくのを、鬼は感じていた。

そうして何十年、いや何百年が経った頃だろう。

「やあやあやあ！　貴様か、人喰いの鬼というのは！」

ある時、山に訪れた男は、黒い鬼を見るなりそう叫んだ。

今までに見たことのない風体の人間だった。

猟師や杣人(そまびと)のような薄汚い格好ではなく、色味の鮮やかな立派な装束を纏い、簡単な防具を身に着けている。過去に一度だけ襲った貴族に似ていたが、その眼光は鬼たる自分を前にしてギラギラと輝いており、そして腰には、身の丈を超える太刀が提がっていた。

「ふはは！　なんと禍々(まがまが)しい気よ！　此の身が挑むにふさわしい」

その男は、どうやら自分を求めてこの山を訪れたようだった。

戦乱の気運が人の世に満ち始めていたのを、鬼は山にいながらも感じていた。自分には関係のないことだと思っていたが……このような人間が生まれるならば、あながちそうとは言い切れぬ。

鬼は、その男へと訊ねた。

「オ、前……ナに、者、なル……」

「ぬ？　ふはは！　童子風情が、人の言の葉を解すか！」

よほど身の毛がよだつのか、自分が曖昧に覚えた言の葉を発すると、だいたいの人間は恐怖したものだが……この男に限っては、狂気の孕んだ目を一杯に見開き、歯を剥いて笑った。

「面白い！　面白い化生は、久しい！　よい、童子よ！　此の身は武士、×××××なる！　そして喜べ！　貴様がこの黒鹿丸の斬る、八匹目の化生となろう！」

そう言って、男は大太刀を抜いた。

乱れ刃の、美しい刀身だった。

人の生み出した物の価値など知らぬ鬼の目にも――それは、ひどく美しく映った。

「ふ、はは、は……」

地に倒れた男が、空に向かって力ない笑声を上げた。

その頭は半ば爆ぜ割れ、腹には大穴が開いている。

「……」

鬼は荒い息を吐きながら、今にも崩れ落ちそうな体で死に際の男を見下ろしている。

死合いに勝ったとて、無事ではない。

右腕は動かない。全身が刀傷に覆われ、片角は切り落とされている。杣人から奪った鉞はとうにへし折れ、がむしゃらに男の腹を突いた左腕が、血と脂に塗れていた。

鬼は、男を見下ろしている。

男は笑っている。

この武士とやらは、やはり死に際も尋常ではなかった。

「見事、なり……童子よ……」

「……」

「どう、であった……此の身は……」

「……？」

言の葉の意味がわからず、鬼はわずかに身じろぎする。

男の狂気の目に、縋るような色が差した。

「此の身の、強さは……剣、の腕は……最強、の頂を目指し、研鑽を……重ね、たどり、着いた境地は、貴様に……どう、映った……？」

死に際の人間に、鬼はなるべく構うようにしていた。その方が、眠気がよく晴れるからだ。

鬼は、素直な言の葉を紡ぐ。

「オれの、知ル……最モ、強キ、人間、なル」

「ふ……はは！　そうか、そう、……か！　ふはは、は……」

男は目を剥き、笑う。

すでに、その焦点は合っていないようだった。

「ならば……よし。まあ、よし、と……しよう。ふは、は……まっこと、愉しき、夢……であった。目覚めは、浄土か……いや、地獄か……ふは、よい。まあ、よい、ことだ……」

男の言の葉が、鬼には理解できぬ。現を夢と捉えるその言は、怪異の耳にも狂って聞こえた。

「惜しむ、らくは……黒鹿丸を、連れて行けぬ、ことだ……折れ、砕けるまで、太刀の夢、は、醒めぬ……なれば……」

掠れた男の声に、その時、わずかに生気が戻った。

「童子よ、貴様に……預ける……」

「……？」

「黒鹿丸を、振るえ……折れ、砕けるまで……血錆び、朽ちるまで……」

鬼は、男の傍らに突き立っていた、大太刀を見る。

自身の血に濡れてなお、その刀身は美しかった。

「此の身には、わかる、ぞ……」

「……？」

「貴様、も、強さを、求めたの、だろう……此の身と、同じく……だからこそ、傷に塗れ……それほどの、禍々しき、見事な……見事な、武技を……」

鬼は息をのむ。

困惑した。

ただ眠りから逃げ続けただけの自分の生に、この人間は何を見たのだろう。

何か、答えなければならない。どういうわけか……そんな衝動に駆られる。

「オレ……は、貴様……」

「此の身の太刀、は……貴様の、助けと、なろう……頂への、道を、行く……」

「オ前……此ノ、身……」

「振るえ、童子よ……！　そして、返しに……来るのだ……！　地獄の、此の身、の下にまで……」

「……」

「名は……童子よ、名を……名を、聞かせ……」

鬼は、答える名を持たなかった。

だがそれ以前に、男はすでに鬼の言葉など聞こえていないようだった。

「名、を……童子……黒鹿……」

今際の長い息を吐き——男は事切れた。

そして、時を同じくして、鬼は気づいた。

自身の変化に。

すでに、刀傷はない。右腕も動く。切り落とされた角こそそのままだが……かつてない力が、体の中に渦巻いている。

鬼は、大太刀の柄を手に取った。

それは、まるで初めから自身の一部だったかのように、手に馴染んだ。

あれから、長い時が経っていた。

あの男が言っていた最強の頂にも、今ならば遠くない気がした。

だが——ある日唐突に、思い知らされた。

そのようなものは、単なる思い上がりに過ぎなかったのだと。

舞い散る紅葉の美しい、秋の日だった。

いくつもの切り株が並ぶ、ひらけた死合い場にて——鬼は、呪符の作る陣に動きを封じられていた。

呪(まじな)いにより、体は青い炎を上げて燃えている。もう指先の一つすら動かせない。未だに黒鹿丸を握れていることが、奇跡のように思えた。

満身創痍の鬼を、敵が笑みと共に見つめる。

「はは、変わった鬼がいたものだ。武芸を使うと聞いていたが……このようなもの、人に扱える剣技ではない。鬼の剣豪とは、面白いものを捕まえた」

それは、呪(まじな)い師であった。

まるで山を登ってきたことが嘘であるかのように、狩衣(かりぎぬ)には埃一つない。二十もそこそこに見える優男であるが、歳はうかがい知れぬ。纏う気は、少なくとも年若い人間のそれではなかった。

尋常ではない。

およそ人とも思えぬ。

呪い師など、これまでに幾人も斬った。だが、この男は根底から、何もかもが違った。龍が人に化けたとすれば……このような存在になろうか。

まったく、思い上がったものだった。

最強の頂が、遠くないなどと。

呪い師の周囲には、人の形に切り抜かれた呪符が——陰陽師の使うヒトガタが、無数に浮遊していた。

優男が口を開く。

「悪く思うな、黒鹿童子。其の方は……力を持ちすぎた」

「……」

「其の方の鬼気にあてられ、この山にはもはや、鳥獣が寄りつけぬ。住処を追われた獣や、天敵がいなくなり大量に増えた虫が、里の田畑を食い荒らす始末だ。もはや祀ることは難しいと、里の者が嘆いていた」

「……」

「無論、其の方の力は、里の住民を守るためのものでもあったのだろう。だが……」

「違ウ」

鬼は、反射的に否と言った。

「此の身の強さハ、己だけノ……ものダ。他ノ、何者のものでモ、なイ」

「……。そうか」

　優男は、きょとんとしてそう言った。

　それはいくらか、人間味を感じさせる仕草であった。

　鬼は訊ねる。

「此の身ハ……どうであっタ」

「ん？」

「此の身ノ……強さハ。剣の、腕ハ。最強ノ頂を目指シ、研鑽を重ネ……たどり着いた境地ハ、貴様ニ……どう映っタ？」

　かつて自分が倒した男と同じ言の葉を、鬼は気づくと吐いていた。まるで、縋り付くように。

　生まれて初めて、敗北した。

　そして負けた者のたどる末路は、自らの目で幾度となく見てきた。

　ここが、自身の道の終わりなのだ。

「そうだな……」

　優男が、真剣な顔になって言う。

「鬼としてならば、常軌を逸した強さだ。妖でも其の方に勝るのは、龍か、七尾以上の化け狐、大天狗、空亡の偽太陽……その程度だろう。かつて大江山や鈴鹿山にいたという伝説の鬼は、其の方のような存在だったかと思うほどだ。だが……剣の腕に限れば、人も含め、おそらく其の方こそが日本最強だろう」

「フ……そうカ」

鬼は笑った。

この呪い師に、傷一つ付けることすら叶わなかった己の剣技を、それでも誇ることができた。

「よイ。それならバ……よシとしよウ」

「そのようなことを気にするか。まるで武者のようだな……。まあいい。ではいさぎよく、位相にて眠れ」

優男が真言を唱える。目の前のヒトガタを起点に、景色が歪んでいく。呪い師の使う、封印の術であろう。

鬼は、最後に言った。

「名ヲ……聞かセろ。陰陽師」

優男は一瞬呆気にとられた後、苦笑する。

「妖に名を問われ、答える術士など普通はいないぞ。だが……其の方は武者のようであるからな。立ち会いの礼として答えよう。ぼくは――ハルヨシ」

陰陽師は名乗った。

「玖峨晴嘉だ」

景色の歪みに吸い込まれ……そうして鬼は、世界から隔たれた。

そこは、何もない世界だった。長く忘れていた眠気が、ひたひたと這い寄ってくる。

不思議と――もう怖くなかった。

眠るのではない、目覚めるのだ。あの男の待つ、地獄にて。

だが困ったことに……この太刀を返そうという気が、まるで起きない。

ならばまた、死合うしかないか。

「……フ」

愉しみだった。

鬼は目を閉じる。

◆◆◆

「……ン？」

鬼は目覚めた。

二本の足で立つ己の、周囲を見回す。

そこは、人の屋敷の庭に見えた。里にあった最も裕福な家よりさらに大きな庭だが、樹木や石はさほどなく、だだっ広い。体を撫でる風は丹波のものではない。この付近はさほどでもないものの、東の方にはおびただしい人の気が満ちている。この地はひょっとして……音に聞く、京の都だろうか？

少なくとも、地獄ではなさそうだ。

「おーい、こっちだこっち」

振り返ると、陰陽師がいた。

普段着らしい浅黄(あさぎ)の狩衣を纏い、呆れたようにこちらを見ている。その周囲では、幾人かの童(わらわ)が目を丸くしていた。

晴嘉が言う。

「何をぼーっとしている。寝ぼける妖(あやかし)など初めて見たぞ。其の方はどこまでも変わっているな」

「……なぜ、此の身ハ、地獄デ目覚めていなイ」

「ん……？　よくわからないが、陰陽師が封じた妖(あやかし)を、親切に地獄まで送り返してやるわけないだろう。ぼくの下僕となって働け、黒鹿よ」

「……」

鬼は困惑していた。

まだ、自身の道は終わっていなかったのか。

「もっとも今日は、化生を斬れなどと言うつもりはない。この子の、剣の相手になってほしいんだ」

そう言って、晴嘉は童を指し示す。

その童は、木製の太刀を構え、唇をひき結んでこちらを見据えていた。まだ元服を迎えてもいない歳だろう。身の丈など自身の半分もあるかどうか。

童がくわっと口を開き、突然叫ぶ。

「師匠(せんせい)！　今日は、こいつをやっつければいいんですか⁉」

晴嘉は苦笑し、意外なほど柔らかい声音で言う。

「やっつけられるのなら結構だが……お前にはまだ無理だ。この黒鹿童子はすごい剣術を持っているから、今日は手合わせしながらよく観察して、可能なら盗みなさい。ぼくじゃもう、お前の相手はしてやれないから」

「はい‼」

「それに、実際に格上の化生を一度相手しておくと、肝が据わる。役に立つぞ。人を相手にする時でも」

「はい‼」

「お前は本当に返事がいいなぁ」

晴嘉と弟子のやり取りを眺めながら、鬼は静かに得心した。

なるほど。剣の死合いならば、確かに自分の使い時である。

鬼は、太刀を抜こうと柄を掴み……、

「ッ⁉」

熱を感じ、即座に手を離した。

見ると、掌(てのひら)が微かに焼けている。

いつのまにか、黒鹿丸の柄には一枚のヒトガタが貼り付いていた。

「こらこら！　木刀を持った童相手に、真剣を抜こうとするな！」

怒る晴嘉に、鬼は問い返す。

「ならバ、どうしろト、言うのダ」

「其の方もこれを使え」

と言って、晴嘉はこちらにも木刀を投げ渡してくる。

「……」

それは、童のものよりはいくらか長いようだったが、鬼には玩具（がんぐ）にしか見えなかった。あまりに、頼りない。

「このようなものデ、死合えト、言うのカ」

「そうだ。しかも、殴るのには使うなよ。あくまで真剣のように扱え。斬ったと思ったら、そこで終わり。仕切り直しだ」

「……。そのようナ児戯（じぎ）に、なんノ意味があるト……」

そこで、鬼は言の葉を止めた。

意味はある、と思ったのだ。

剣士はその立ち姿、足運び一つからでも、膨大な情報が読み取れる。たとえ木刀であっても、実際に剣を交わしたならば、いったいどれほどの学びを得られることだろう。

人はこのようにして剣を学んでいたのだと、鬼はこの時初めて知った。

「……分かっタ」

鬼は、木刀を構える。

一度敗北を喫した身だ。この程度の命には従ってやろう。

そして数刻後。

「ハァ……ハァ……」

童は、庭に仰向けに倒れていた。

微かに肌寒い空気の中、体は汗でぐっしょりと濡れている。生傷こそないが、全身痣(あざ)だらけのはずだ。

鬼に、消耗はない。それほどの実力差があった。

「ハァ……うぐっ……」

童が、呻き声を上げて立ち上がった。そうして、木刀を構えようとする。

「止めテ、おケ」

「っ……」

「これ以上ハ、無意味ダ」

「は、はい……」

童が木刀を下ろす。

すでに立っているだけでもやっとなのだろう。それでも木刀を手放さず、杖として使うこともない。その心意気を、鬼は良いと感じた。

「ど、どうでしたか……おれの、剣は……」

童が問うてくる。その真っ直ぐな視線に、鬼はわずかにたじろぎながら、答える。

「筋ハ、良イ。このまマ励めバ、強くなれル……と、思うガ」

それは、鬼の素直な感想だった。あと十年もすれば、自身ですら苦戦するほどの武士になりうるだろう。

童が、頭を深く下げて叫ぶ。

「ありがとうございます‼　師匠‼」

「ナ……」

「どうだ、黒鹿よ。この子は根性があるだろう」

ずっと見守っていた、晴嘉がそう言った。まるで自分のことのように、誇らしげに話す。

「不得意な呪いですら、決して腐らず努力を欠かさなかった。得意な剣でならば、きっと大成することだろう」

「……」

鬼は、なんと言ったものかわからなかった。

晴嘉が童へと言う。

「よし。××は着替えてきなさい。少し早いが、夕餉の支度を……」

「う〜い。ハルヨシ〜」

その時。庭の垣根の向こうから、晴嘉を呼ぶ声が聞こえてきた。

そして門から、一人の男が姿を見せる。

「活きの良い岩魚を持ってきたぞ。今日はこいつで一杯……うおっ⁉」

どこか眠たげな目をしたその男は、自身を見るなり驚きの声を上げた。

武士であるようだった。

腰には、左右二本の太刀を佩いている。身のこなしも、武芸を知っている者のそれだ。

男は担いでいた竹編みの魚籠を地に投げると、左の、やや古びた方の柄を指先で触れる。

「へへっ……なんだなんだ。鬼か？　それも……とびきりの上物と来た」

男の目は、これまで挑んできた者たちと同様に、爛々と輝いていた。

鬼も、静かに木刀を構える。

間合いは相当に遠いが……おそらくこの領域の戦いに、それはあまり意味を為さない。

「どうする？　来るか？　そっちから来ねぇんなら……俺からぐはっ‼」

踏み込もうとした男は、突然飛んできた木刀に額を打たれ、仰け反った。

投げつけた晴嘉が怒って言う。

「こんな場で妖刀を抜こうとするな、馬鹿！　こいつはぼくの調伏した妖だ！　立ち会いたいならお前も木刀を使え！」

「へへっ、なんだ……ハルヨシ、お前のだったか。それなら仕方ない」

と言って、男がヘラヘラ笑いながら投げつけられた木刀を拾う。

その様子を、鬼は眺めて言う。

「……結局、やるのカ」

「お、人語を解すか、鬼よ。へっ……当然」

男が、ゆるりと木刀を構える。

強敵だ。構えや気から、それは容易に読み取れる。

ただ一方で、鬼は疑問だった。

「剣士二匹が対峙し、立ち会わぬ道理がどこにある」

一度封じられた、鬼の自分はともかく。

これほどの実力のある、狂った武芸者の人間が、なぜ晴嘉の言に素直に従っているのだろう。

そして数刻後。

「っはぁ――――っ‼　負けた負けた！」

男は仰向けに、大の字になって倒れていた。

鬼は立ったまま、それを見下ろす。

今度は自分も、消耗なしとはいかなかった。幾太刀かは浴びせられただろう。死合いだったならば、十に一つは敗北していたかもしれない。

男は笑いながら言う。

「なんなんだ、それは。鬼の剣術か？　まさか、そんなものがこの世に存在したとはな！」

「これハ……此の身だけノ、ものダ」

「そうか、ならよかったぜ。そんなものが広まっちゃ、妖怪退治が一層難儀になっちまう。ま、愉しそうではあるが」

そこで、男はにやりと笑い、視線をこちらに向ける。

「だが、鬼よ。俺の剣も、なかなかのものだったろう」

「……。そう、だナ」

鬼は、少し考えて答える。

「力の分、此度ハ、此の身が勝っタ。だガ……それヲ抜かれれバ、分からヌ」

男の左腰に提がっている太刀は、鞘に納まってなお、禍々しい気を発していた。

「いや……どうだかなぁ」

だが男は、頭の後ろで手を組み、気の抜けたような声を出す。

「お前ぇの太刀も、相当なもんだろう。本気の立ち会いとなりゃ、やはりこちらの分が悪ぃさ。へへっ、もっとも……そのくらいが、一番愉しいが」

「……。試しテ、みるカ？」

「ん？　いんや」

男は立ち上がり、袴についた土をぱんぱんと払う。

「お前ぇは、ハルヨシの妖だろう。友のものを、勝手には斬れんさ」

「トモ……」

と、そこで、いつの間にか屋敷の縁に腰掛けていた晴嘉が、疲れたように言う。

「おい、もう、いい加減終わりでいいか？」

見ると、並んで座る晴嘉の弟子たちも飽きているようだった。

ただ剣の童だけは、目を輝かせて言う。

「すごいです、師匠‼ 師匠相手に木刀でこんな！ やっぱり師匠の親友なだけありますね‼」

「へへっ、誰が誰だかわかんねぇよ」

「誰がぼくの親友だ。まったく……」

と言って、晴嘉は立ち上がる。

「××、服を貸してやるから、お前は着替えろ。その格好で屋敷に上がるなよ」

「へへっ……ついでに今日は泊めてくれ。あと湯も入れてくれ」

「図々しいやつだ……」

それでも、晴嘉は言う通りにするのだろう。

鬼は不思議なものを見ている心地がした。

と――その時。

「せんせー、ただいまー」

門の方から、高い声が響いた。

ほとんど反射的に――鬼はそちらを振り向く。

一人、女童（めわらわ）が歩いてきていた。

十を三つか四つ、過ぎたほどの年頃だろうか。柿色の水干（すいかん）を着て、どこか活動的な面立ちをしている。

黒鹿丸の鞘を握る左腕に、知らず力がこもるのを、鬼は感じた。

「ねえ聞いてよせんせー。顔のついた牛車の物の怪なんて、嘘だったんだって！　あの人、浮気相手の屋敷に通うのに……わっ⁉」

女童は、鬼を見て目を丸くした。

「う、わぁ……おっきい黒鬼。ね、これせんせーの？」

「おかえり、×××。そうだよ。黒鹿童子という。鬼の剣豪だ」

「へぇ～……ほんとだ。太刀持ってる」

女童は、鬼をまじまじと見る。

「そいつ、強（つえ）ぇぞ。×××」

「あっ、×××さん！　いらっしゃい！　もしかして、負けちゃったの？」

「ああ。へへっ……完敗だ」

「へぇー。ってことは×××なんて、相手にもならないねー」

「う、うるさいなぁっ！」

妖刀使い、剣の童、そして女童は、どうやら互いに顔見知りのようで親しげに話している。

鬼は、わずかに緊張しながら口を開く。

「何だ……貴様ハ」

「あ、言葉がわかるんだ。じゃ、長く生きてたんだね。ふうん……」

「やってみるか？　×××」

晴嘉が、ふとそんなことを言った。

女童は途端に顔を輝かせる。

「えっ！　せんせーいいの⁉」

「いつまでもつまらぬ化生ばかり相手していたのでは、力もつかないだろう。準備ができているのなら、やってみなさい」

「やった！　準備ならいつでもできてるよ！」

そう言って、女童は袖から取り出した呪符の束を、ぱっと空へ投げた。

ひらひらと宙を落ちるヒトガタは、何の前触れもなくス、と縦に揃うと、女童の周囲を浮遊し始める。

ずいぶんと、華やかな所作であった。

「……」

鬼は無言で、木刀を構える。

やはり、呪い師のようだ。

尋常ならざる気を纏っていたことから、あるいはと思ったが……次の相手は、この女童か。

「おい、黒鹿よ」

その時、晴嘉が鬼へと声をかける。

「木刀はもういい。太刀を抜け」

「ッ……!?」

鬼は驚愕と共に、わずかに目を見開く。

「……正気カ、陰陽師」

「其の方は全力でかかれ。でなければ意味がない。なに、心配するな。この子は一度や二度、殺した程度では死なぬさ」

鬼は無言で木刀を捨てると、太刀の柄へと手をかけた。

貼り付いていたヒトガタはいつの間にかなく、熱も感じない。

長く忘れていた緊張が身を包む。この女童は、それほどの使い手なのか……。

「ね、鬼さん。あなたは、殺したら死んじゃうの？」

女童が、純粋な目で問うてくる。

鬼は硬い声で答える。

「そうダ……人も妖(あやかし)モ、普通ハ、そうダ」

「そっか」

女童は、にっと笑って告げる。

「じゃ、あたし、手加減してあげるね！」

鬼はその言を、最後まで聞いてやることができなかった。

地を抉るような踏み込みと同時に、黒鹿丸の鯉口を切ると――、

時間にして、半刻すらも持たなかった。

「……」

四肢を灼かれた鬼が、大地に倒れていた。

手に入れてからいかなる時も、それこそ晴嘉に敗北してすら手放さなかった黒鹿丸も、今は傍らに転がっている。

「えへ、あたしの勝ちだね。鬼さん」

そばにしゃがみ込み、こちらを覗き込んでいた女童が、にこにこ笑いながら言う。

柿色の水干は、綺麗なまま。その端すらも切れていない。

妖刀使いが呆れたように呟く。

「やっぱ×××はすげぇなぁ……」

「えへへっ！　そうでしょそうでしょ⁉」

誉められ、はしゃいで跳ね回るその様子は、一見すると普通の女童のようだ。

だが、違う。

晴嘉と同じく……根底から、何もかも。

「ねえねえ、そういえばせんせー。鬼って、どうして燃えると青い炎を出すの？」

「えっ……なぜだろう、考えたことなかったな……温度や炎色反応ではないだろうから、おそらく周囲の要素の、状態の問題なんだと思うが……」

「そんなに熱くないし、まさか燐や錫でできてるわけないもんねー」

鬼は無言で、彼らのやり取りを眺める。

その様子は、里の者たちが言葉を交わす様と、そう変わりない。

だからこそ、不思議だった。

その夜は、なぜか酒盛りとなった。

強力な呪いの気配を感じてやって来た都の陰陽師や、ふらっと寄った貴族、酒を納めそのまま居座った商人などが、さらに人と酒と肴を呼んだ。

そしてどういうわけか、時を戻すように傷を治された鬼も、広い板間の一角に腰を下ろしていた。

「お前は立派だ、黒鹿よ」

隣で晴嘉が、杯を傾けながら言う。

「酒の飲み方をわかっている。多少強いからといって、痛飲した挙げ句に泥酔するなど見苦しいと言ったらない。見ろ、この惨状を」

板間の各所で、人間がだらしなく眠りこけていた。半裸になっている者までいる。

さっきまで大騒ぎしていたのだが、気がつくと夜も更けていた。呪符の灯りが届かぬ外は、もう宵(よい)の闇が満ちている。下がらせた童たちも、とうに眠っている頃だろう。

晴嘉も、自分は酔わぬ、酔わぬと言って次々に杯を空けていたが、さすがにいくらかは饒舌(じょうぜつ)になっているようだった。

鬼は杯の酒に、わずかに口を付けて言う。

「此の身はかつテ、眠りを恐れていタ。酒は旨いガ、眠くなル。けちナ飲み方モ……仕方なク、覚えタ」

「ほう……眠りを」

晴嘉が呟く。

「妖(あやかし)など、眠るのが本分と思っていたが……長き時を生きる鬼が、眠りの時間すらも惜しんで技を磨けば、なるほどお前ほどの境地にまで至れるか」

「別ニ、惜しんだわけでハ……なイ」

ただ、恐れただけだ。

いや……途中からは、違ったか。

「なんにせよ、その飲み方は良いぞ。振る舞った甲斐があるというものだ。ぼくはたまに、喚んだ妖(あやかし)に酒をやるのだが、どいつもこいつもちょっと見ていて不安になってくるような勢いで痛飲し、あっという間に寝てしまう。妖(あやかし)は総じて酒好きな割りに、下戸だからなぁ。まあこの惨状を見るに、人も大して変わらないが……」

「此の身モ、訊きたイことがあル。ハルヨシ」

鬼がそう言うと、晴嘉は杯から顔を上げ、視線を向けた。

「貴様ハ……なぜ、尋常な人間のようニ、過ごしテいられル」

鬼は続ける。

「此の身に挑んダ武芸者は、皆、里の人間とは違っタ。戦いに狂っタ、異常なル者。尋常な者とハ、相容(あいい)れヌ。だガ、貴様ハ……あれらト比してモ、なお……異なル」

「……」

「貴様だけでハ、なイ。この中にモ、童の中にモ、いル。尋常ならざル、者ガ。だガ……この屋敷の様子ハ、里に見た景色ト、さしテ変わらヌ。皆、平穏に言の葉を交わシ、思いヲ伝え合っていル」

鬼にとって、それは理解できないことであった。

異常な者は、集団から放逐される。そういうものであると、人の世に疎(うと)い鬼も理解している。あるいはそれは、数百年前に自身を生んだ、咎人の想念がそう思わせているのやもしれぬ。

「なぜダ。なぜ貴様ハ、人としテ……人の中デ、生きていられル」

短い沈黙の後、晴嘉は静かに、口を開いた。

「えっ、なぜと言われても……ぼくも一応、人間だしな」

「……」

「確かに、人付き合いはあまり得手ではないが……とりあえず、こいつらはなんかなれなれしく寄ってくるんだよな。あとぼくの弟子は、みんないい子だ。うん、だからじゃないかな」

「……そう、カ」

なんとも、ぱっとしない答えだった。全然理由になっていない。

だがつまりは、そういうことなのかもしれなかった。

「さて、そろそろ片付けるか。こいつらも、もう少しちゃんと寝かせてやらないとな」

そう言って、晴嘉が杯を置いた。と、そこで、思いついたかのように言う。

「黒鹿よ。眠りが恐ろしいならば、位相は勘弁してやってもいいぞ」

「何……？」

「その代わり、屋敷で小間使いでもしてもらうことになるが」

「えーっ⁉」

その時、晴嘉の髪の中から、白く細長い獣が顔を出して叫んだ。

だが獣は鬼を見ると、またすぐに引っ込んでしまう。

「こ、このような物の怪が同僚とは、ユキは恐ろしうございます、ハルヨシさまぁ……」

「お前は怖がりだなぁ」

晴嘉が仕方なさそうに笑う。

「……いヤ、無用ダ」

鬼は、静かに首を横に振った。

「眠りはもウ、恐ろしくはなイ……それニ、死合いなき時なド、無為で、退屈ダ」

これ以上は、一人での鍛錬も無意味だろう。

そんな手段ではたどり着けない境地があることを、知ってしまった。

「そうか……」

「代わりニ……喚べ」

「ん？」

「尋常ならざル武士の前ニ、比類なき化生の前ニ、此の身ヲ喚べ。あるいハ、戦場（いくさば）でもいイ。貴様は助けなド、不要かもしれぬガ……露払いくらいハ、しよウ。ハルヨシ」

「……お前は本当に、武者のようだな」

晴嘉は呆れたように笑う。

「お前が満足するような相手など、そうそういないだろうが……ただここのところ、戦乱の気運が高まっている。ひょっとしたら、そのような時も来るかもしれないな……」

晴嘉は一瞬表情を曇らせた後、笑みを作って言った。

「わかった。約束してやろう、黒鹿。お前が切り結ぶにふさわしい敵が、戦場がぼくの前に現れたら、きっと喚んでやろう――」

鬼は、目覚めた。
そこは、山頂であるようだった。

眼下には、紅葉の美しい山景が広がっている。

「おーい、こっちだこっち」

振り返ると、やや幼い顔つきの晴嘉が、呆れたようにこちらを見ていた。

鬼は思い出す。

姿の変わった晴嘉に、この妙な気で満ちた世界へ喚ばれ……そして、少々の死合いをしたことを。

晴嘉は溜息をついて言う。

「お前のその寝ぼけ癖は、眠り慣れていないせいなのか？ 変わらないな」

「……。そういう貴様ハ、ずいぶんト変わったナ、ハルヨシ」

鬼は続けて言う。

「シテ……此度は、何用ダ」

「何用って、約束したじゃないか。この世界の酒を振る舞ってやると」

そう言って、晴嘉は傍らを見やる。

そこには、大小様々な酒樽があった。

鬼は言う。

「こんなニ、飲めヌ」

「仕方ないだろう。うまい酒が入り用だと言ったら、街の連中にこれだけ押しつけられたんだ。あの子らにはあんまり飲ませられないし……もったいないから空けるのを手伝え、黒鹿」

「……フ」

「なんだ？　何がおかしい？」

「いヤ……」

鬼が、小さな笑声を漏らして言う。

「訂正、しよウ……貴様ハ、変わらヌようダ、ハルヨシ」

「何がだ……？」

訝しげな晴嘉の傍らに、鬼は腰を下ろした。

晴嘉は気を取り直したように、山を見晴らして言う。

「まあいい。どうだ？　いい景色だろう。今はダンジョンが消滅して、モンスターが少ないからこんな場所にまで来られる。秋晴れを待った甲斐があった」

「そうだナ……貴様ト、初めテ相見えた日ヲ、思い出ス。あの時もこんナ、秋であっタ」

「え……なんかちょっと、それは気色悪いな。そんな……恋歌みたいな」

「歌なド、似合わヌ。貴様モ、此の身モ」

「ん。それは、道理だ」

晴嘉が深くうなずく。

少し間を置いて、鬼が言う。

「先の死合いハ、手応えこソ、なかったガ……あれらの化生ハ、妖とも獣とも違イ、興味深かっタ。慣れヌ敵との死合いモ、研鑽には必要ダ。あの程度でモ、構わヌ。また喚べ、ハルヨシ」

「お前は本当に、武者のようであるなぁ」

晴嘉が苦笑する。

「ただあの程度でも、なかなかないぞ？　こちらの世界は人も化生も、さほど強くないんだ」

「構わヌ。いつまでモ、待とウ。どうセ、不老なのだろウ。いつかハ、機会ガ、来るはずダ」

「こちらではまだ不老じゃない。体も成長しきっていないしな。この先どうするか、というところだが……」

そこで晴嘉は、少し置いて鬼へと問う。

「黒鹿よ。お前はやはりまだ……強さを求めているのか？」

「あア、無論ダ」

「それはなぜだ？　なぜ……そのように生きている？　そうではない、普通の妖（あやかし）としての生だって、あったはずだ」

「それハ……」

鬼はわずかに、返答に迷う。

「かつて死合っタ、一人の武士ト、約束しタ。この太刀ヲ、いずレ…………いヤ」

鬼は、自らの言の葉に、否と言った。

そうではないという確信が、自分の中にあった。

「此の身ガ、自ら選んだのダ――この在り方ヲ」

逃げた先にあったわけでも、何者かに頼まれたからでもない。

勝利の誉れを求める生を、鬼は、自分の意思で選び取ったと感じていた。

聞いた晴嘉が、小さく呟く。

「そうか……うらやましいな」

その横顔は、どうやら何かを憂えているようであった。

「生き様を迷いなく選び取れているのは、うらやましい。ぼくは……この世界での生を、どうもうまく決められないんだ」

「……フ」

「なんだ、また」

「いヤ……」

鬼は、わずかに口角を上げて言う。

「貴様ハ、自らを人間ト、称していたガ……それに今、ようやク、得心がいっタ」

「なんだ、今さら……というか、得心するもしないも、そもそもぼくは人間だぞ」

「フ……フフ」

鬼が笑う。

それから、告げる。

「心デ、決めるがいイ」

「心……」

「恐れでモ、他者の言の葉でもなク……心ガ、真に欲するものヲ、求めヨ。此の身からハ、そうとしカ、言えヌ」

「心、なぁ……」

晴嘉が渋い顔で呟く。

「いつもいつもそう素直に生きられるなら、苦労しないんだが……」

「そうデ、あろウ……人の世ハ、そうであろウ、な」

鬼は、小さな笑声と共に言う。

「問答ハ、まず置いておケ。早ク、酒を開けロ、ハルヨシ。それからラ、貴様の話ヲ、聞かせロ」

「それもそうだな。うーん、どれからにしようか……」

その時、秋風が、山肌を撫でていった。

色づいた木々の葉が、微かに揺れる。

その様子は、遠目には少しだけ、見飽きた丹波の景色に似ていた。

書き下ろし番外編『花嵐』

ある春のこと。

「うふふっ」

ラカナ市庁舎、その最上階にある一室にて。

サイラスの目前で応接用の長椅子に座る少女が、口元に手を当てて微笑んでいた。

「とても立派な市庁舎をお持ちなのですね。わたくしはこれまでにもいくつかの都市を訪れていますが、これほど大きなものは初めてで驚きました。あなたの治めるこの街の豊かさが表れているようです、サイラス議長」

フィオナ・ウルド・エールグライフは、そう言ってわずかに目を細める。

透き通るような水色の髪に、まだ幼いながらも誰もがはっとする美貌。

一介の冒険者から身一つで成り上がり、これまで貴族社会とは関わりのなかったサイラスであっても、その少女のことは噂に聞いていた。

聖皇女フィオナ。

現皇帝ジルゼリウスの唯一の娘であり、中央神殿の巫女が産んだ禁断の皇女。

サイラスのみならず、帝国に住む多くの者が、詩人に歌われるその名を知っていることだろう。

普通に生きていれば顔を拝むことすらないはずだった皇族が今、サイラスの目の前に座っていた。

フィオナはその微笑みに、少々の申し訳なさを滲ませながら言う。

「突然の来訪にもかかわらず応じてくださり、感謝いたしますわ。自由都市同盟の会合から帰還したばかりで、お疲れでしょうに」

返答までのわずかな間に、サイラスは思考する。

聖皇女がラカナに接触してくること自体に、何も不思議はなかった。ここはそれだけ魅力的な街だ。他の自由都市とは違い帝国直轄領ですらもなく、実態としては巨大な貧民街に近い。それでいながら、周辺のダンジョンが生む莫大な富により、街は大いに潤っている。皇子たちですらなんとか手中に収めようと目を光らせているこの街を、帝位争いに名前が上がり始めた聖皇女が注目したとて、何もおかしくはない。

だが、タイミングは少し妙だった。

その報せを受けたのは、ほんの数日前。別の都市で行われた、自由都市同盟の会合から帰還する最中のことだ。

あまりに急な話で、サイラスもさすがに眉をひそめた。こちらの受け入れの用意が整わないのももちろんだが、聖皇女の側にしても、きっと出立の準備に慌てなければならなかっただろう。

文面からするに、単に報せが遅れたわけではなさそうだった。聖皇女の気ままな思いつきという可能性も、実際に会って消えた。であるならば、何か今でなければならない理由があったのだろうか……。

サイラスは、そこで思考を打ち切った。

答えが出ないことを悩み続けても仕方ない。ダンジョンも政も、潜ってみなければ何も得られないのだ。

皇族を前にしながらも、サイラスは臆せずふんぞり返るようにして言う。

「ふん、なんの。つまらん寄り合いに顔を出し、馬車に乗って帰ってきただけじゃ。この程度で疲れておれんわ」

「まあ、うふふ。さすが、かつてパーティーリーダーとして『緋の嘴』を率いていた一級冒険者なだけありますわ」

「昔の話よ。年には勝てん。道中楽に過ごせる上等な馬車を用意できる金がなければ、同盟など面倒で抜けておったわ。皇帝陛下には感謝せねばならんのぉ……ただでさえ豊かなこの街に、税のお目こぼしまでくれるのだから」

「うふふっ、それはよいことです。陛下もきっと喜ばれますわ」

変わらずに微笑むフィオナに、サイラスは微かに眉をひそめる。

税の話題に触れてみても雰囲気は変わらず、適当に流されただけだった。この訪問の目的はいったいなんなのか。

「……して」

サイラスは、もう探るような真似はやめることにした。元々あまり得意なやり方でもない。

「何を求めてこの街へやって来た？　姫さん」

「まあ」

問われたフィオナは、わずかに笑みを深めて言う。

「なにもそう焦ることはないでしょう、サイラス議長。わたくしはもっと、この素敵な街のお話を聞きたいのです」

「ふん、ろくでなしの集まる野蛮な街じゃ。姫さんのような人間が興味を持つ場所ではない。夜には出歩かん方がいいぞ、命がいくつあっても足りんからのぉ」

「まあ、うふふ。そんなことはありませんわ。それに……ご安心を。身の安全は、常に自分で確保しておりますので」

「ふん……そんな護衛を連れていれば、それほどの自信も生まれるか」

そう言って、サイラスはフィオナの背後に立つ、二人の護衛に目をやった。

人間、ではなかった。

一人は、灰色の肌を持つ、分厚い大剣を背負った鬼人（オーガ）。

もう一人は、二つの手甲鉤（てっこうかぎ）を腰に提げた、白黒の毛並みを持つ狼人だ。

サイラスはわずかに引きつった笑みと共に言う。

「まさか帝国の皇女ともあろう者が……人喰いの魔族を護衛にしているとはのぉ」

「人肉食の文化があるのは、彼らの中でも一部にすぎません。さらにここ百年は人間と魔族の衝突が少なくなっているために、その文化も失われつつあります」

「ほう……ではその者らは違うと？」

「さあ？　どうでしょう」

曖昧な答えを返したフィオナは、背後の護衛を軽く振り仰いで言う。

「サイラス議長はあなたたちに興味があるようです。せっかくですから、名乗って差し上げなさい」

フィオナの言葉を受け、鬼人（オーガ）と狼人が順番に口を開く。

「……聖騎士、第四席。ヴロムド」

「ハッハッ……聖騎士、第五席。ハッハッ……カヌ・ル」

サイラスは自らの表情が強ばるのを感じた。

「聖騎士……？　こいつらがか」

聖騎士。

聖皇女フィオナの護衛兵である彼らのことは、サイラスも聞きおよんでいた。

詩人に歌われる彼らの活躍は、まさにおとぎ話の騎士と言っていいものだ。

だが……違う。

この者たちは、そんな生ぬるい存在ではない。

わずかに顔を引きつらせながら、サイラスは呟く。

「……ずいぶんと、とんでもない連中を集めおったな。姫さん」

サイラスはこれまでに数人、英雄と呼ばれる冒険者を見てきた。

彼らはパーティーを組むことにも、等級を上げることにも興味を示さない。金や地位や名誉といったわかりやすい成功を求めず、それゆえ冒険者としての評価は常に低かった。それどころか、まともに社会生活を送れない者すらいたほどだ。

だが、強かった。たった一人でモンスターの群れを殲滅し、亜竜と渡り合い、多くの人々を救い、称(たた)えられた。人の中には時折、そういった異常なる者が現れる。

ヴロムドにカヌ・ルと名乗った二人の魔族は――サイラスがこれまでに出会ったどの英雄よりも、明らかな強者(きょうしゃ)であった。

戦わずともわかる。立ち姿に得物、纏う空気。そのすべてが、彼ら二人が英雄を超えた英雄であることを伝えてくる。

だがサイラスがおののいた理由は、それではなかった。

――第四席に、五席だと……？　三人もいるというのか、この上に。

それがどれほどの存在であるのか、サイラスには想像がつかない。

しかし一つ、はっきりしていることがあった。

――英雄を超える英雄を集められる何かが、この聖皇女にはある。

「協力関係を結びませんか？　サイラス議長」

微笑を浮かべたまま、唐突にフィオナが言った。

内心の動揺を抑えつつ、サイラスが問い返す。

「協力関係、だと？」

「ええ。幸いにもわたくしにはお金がたくさんあるので、兄たちのようにラカナを欲してはいません。ですから、この街の独立を維持するために手を貸しましょう。その代わりに、多少の便宜を図ってほしいのです」

「……この街を舐めるな。姫さんの手など借りずとも、ラカナは誰の手にも落ちん」

「そうは言っても、兄たちが本気で介入してくれば多少の混乱は起こってしまうでしょう。特に……あなたが暗殺でもされてしまえば」

「ふん、馬鹿なことを――」

「し、失礼します！」

その時、ノックと共に若い職員が入室してきた。

手には茶杯を乗せた銀盆を持っている。ずいぶんと緊張しているようで、陶器が揺れてかたかたと鳴っていた。

震えながら茶杯をテーブルに置いていく職員を見て、急に気が抜けてしまったサイラスは言う。

「まったく、茶ぐらいしゃんと持ってこんか！　すまんのぉ、姫さん。ここには給仕のような気の利いたもんはおらんでな。しかし、茶葉だけは上等な代物を……」

「それ、飲むな」

茶杯を口元に運びかけていたサイラスは、その声に硬直した。

狼人の爪剣士は荒い息を吐きながら、ぎょろりとした目つきでサイラスの杯を指さす。

「ハッハッ……それ、飲むな。臭いぞ」

「いい子ですね、カヌ・ル」

フィオナは表情を変えずに言う。

「失礼いたしましたわ、彼は鼻が利くもので。もしかしたら、茶葉が悪くなっていたのかもしれません。ちょっと味を見ていただけませんか？　そこの方」

フィオナは、茶を持ってきた若い職員へ呼びかける。

職員は、青い顔で戸惑ったような声を上げた。

「え……？　ぼ、僕……ですか？」

「ええ。あなたに、お願いしたいのです」

フィオナは微笑む。

一方で、職員は目を大きく見開いていた。額には汗をかいている。

サイラスはこの職員の名を知らない。確かこの春に、庁舎で勤め始めたばかりの若者だった。

「どうしましたか？　大丈夫、少し飲むくらい平気ですよ。茶葉が悪くなっていた程度ならば」

「わ、わかり……ました。今準備しますので、少しお待ちを……」

茶を飲むのに、準備？

疑問が浮かぶよりも早く、若者が軽く腕を振った。

次の瞬間、その手に収まっていたのは——針のように細い短剣だった。

モンスターに挑む冒険者は決して扱わないであろう、暗殺用の武器。その刃には、黄色い汚れのような何かがこびりついている。

——毒か。

思い至った時にはすでに、暗殺者の短剣がサイラスへ突き出されていた。

とっさに腕をかかげ、防ごうとしたその時。

「のろま」

目の前を手甲鉤の銀色が奔り——甲高い音と共に、短剣が弾かれて宙を舞った。

ここまでの空間を、どのような反応速度で駆けたのか。

手甲鉤を装備したカヌ・ルが、サイラスと暗殺者との間に割り入っていた。

ただ刃を防いだだけではない。この狼人は手甲鉤の爪の間に短剣を挟み、ひねるようにして弾き上げていた。瞬きするほどの間に、針のように細く短い刃に対し——どのようにすればば、そのような芸当が可能となるのか。

「のろま。人間、のろまだ。ハッハッ」

「くっ……！」

割り込んできた聖騎士へと、暗殺者がすかさず回し蹴りを放つ。

なんらかのからくりが仕込まれてあったのか、その靴からは蹴りの途中で刃が飛び出した。

自身に迫る刃に対し、カヌ・ルは——手甲鉤で防ぐわけでもなく、顔を大きく突き出し、その脛(すね)に噛み付いた。

「ぐあっ……！」

暗殺者が呻く。

それを無視し、狼人は大きく頭を振った。そのまま暗殺者を、背から床に叩きつける。

衝撃で声も出せない敵の首筋に這わせるようにして、カヌ・ルは両の手甲鉤を床に突き立てる。

「ハッハッ」

ぎょろりとした目が、自ら仕留めた暗殺者を見つめる。

鋭い牙の並ぶ口から、涎(よだれ)がしたたり落ちる。

「いい匂い。ハッハッ……こいつ、美味(うま)そうな匂いだ。姫様。ハッハッ……」

「ひっ……！」

暗殺者の若者が、顔を引きつらせる。

「まあ」

一連の暴力沙汰(ざた)に動じる気配もなく、フィオナは困ったように首をかしげた。

「今夜は子豚を一頭用意させようと思っていたのですが……その者の方がよかったですか？カヌ・ル」

狼人の爪剣士はほんの一瞬悩む顔をして、すぐに答える。

「豚」

「では、人間は我慢しましょうね」

にこにこと、フィオナが言う。

サイラスは確信していた。

やはり、この者たちはまともではない。

聖皇女も含めて、いや……この少女こそが、ひょっとしたら一番の異常者かもしれない。

とはいえ。サイラスはラカナの長として、この場を逃げ出すわけにはいかなかった。

冒険も政(まつりごと)も、背を見せれば喰われる。

「……なんともまあ、一服盛られた程度で大騒動だのう」

呆れたようにそう言うと、サイラスは茶杯を手に取った。

上等な茶葉を用意させただけあって、香りはよかった。毒が入っているとは思えないほどに。

「高い茶が冷めるわ」

そう言って――――一息に飲み干した。

フィオナと二人の聖騎士、それに暗殺者までもが、驚いたように目を見開く。

サイラスはそれを見て、満足げに笑った。

「ふん、なかなか美味いな。急ぎ取り寄せた甲斐があった」

「……お前、頭おかしいか？　ハッハッ」

カヌ・ルがサイラスへ、ぎょろりとした目を向ける。

「早く、吐き出せ。手伝ってやろうか？　ハッハッ」

「いらんわ」

短く答えて、サイラスはここしばらく口にしていなかった呪文を唱える。

「復（かえ）すは白。生命司りし精よ、死毒に抗う力を我に与えよ――中級状態異常回復（キュアー）」

微かな光が瞬き、わずかに感じ始めていた不快感が消えさった。

呆気にとられたようにする聖騎士たちの前で、サイラスは口の端を吊り上げて言う。

「毒なぞ何度も喰らっておるわ。ダンジョンでも、この街でもな。ラカナの長が、この程度で死んでおれん」

「……驚きました」

フィオナが、口元に手を当てて言う。

その表情は、本当に驚いているようだった。

「冒険者だったとは聞きおよんでいましたが……まさか神官とは」

「かつては聖堂にも籍を置いとった。そうは見えんのか、まったく知られてはおらんがな」

「……なるほど、そういうわけだったのですね。だからこれほど強硬な手を……」

何やら呟いて、フィオナはちらと、窓の外に目をやった。

サイラスはそれを見て思考する。今のは何かを確認したような仕草だった。だが長椅子の位置から外の広場は見えない。ならば太陽の位置か、遠くの建物が落とす影――時間、だろうか。だが、何のために。

思考を遮るようにして、フィオナは言う。

「サイラス議長。どうやら……あなたが邪魔な者たちは、なかなか死なないあなたに業を煮やし、強引な手段をとることにしたようです。具体的には……防ぎきれないほどの力で叩き潰す、というものなのですが」

「何……？」

「しかしご安心を」

禁断の皇女は、にっこりと笑って言う。

「急な訪問のお詫びとして、この場はわたくしが収めて差し上げますわ」

言い終えると同時に、フィオナは鬼人(オーガ)の聖騎士、ヴロムドへと目配せした。

鬼人(オーガ)は黙ってうなずくと、重厚さを感じさせる足取りで、広場に面した窓際の方へと移動する。

「何を……？」

「もう少しだけ、お待ちください」

フィオナは笑顔を崩さずにそう言った。

「静かになってから、お話の続きをしましょう」

次の瞬間――――広場に面した窓と壁が、轟音と共に砕け散った。

「なっ……‼」

突然の事態に、サイラスは驚愕する。

いったい何が起こったのか。しばし経って、サイラスにも状況が掴めてくる。

窓と壁を破壊したのは、巨大な岩だった。それが外の広場から、市庁舎最上階のこの部屋に向かって射出されたのだ。おそらくは土属性の上位魔法、巨岩砲(ロックカノン)だろうか。

なぜわかったのか。

それは巨岩が——まさに目の前で押しとどめられていたからだ。

鬼人(オーガ)の聖騎士、ヴロムドが抜き放った、分厚い大剣によって。

「馬鹿な……」

庁舎の一角を完膚なきまでに破壊するはずだった巨岩は、たった一本の剣——その剣先によって、壁を破壊した地点で止められていた。

いや、それを剣と呼称してよいものか。鉄塊から切り出したかのようなその剣は、ひたすらに大きく分厚く、人が振るうことなどまるで想定していないかのような代物だ。

それをヴロムドは、右手一本で抜き放っていた。

左手は、あろうことか纏っていた外套を広げ、聖皇女へ降りかかる粉塵に対する盾としている。

鬼人(オーガ)という種族は、体格に恵まれるばかりでなく、魔力も強い。その膂力(りょりょく)は、人間などとは比べものにならないほどだ。

それを踏まえたとしても、異常な力だった。

片腕のみで尋常ならざる巨剣を振るい、土属性上位魔法を押しとどめるなど……。

「ありがとうございます、ヴロムド」

フィオナの言葉に鬼人(オーガ)の聖騎士はうなずくと、巨剣をひねった。

それだけで壁に嵌(は)まっていた岩は割れ砕け、外へと落ちていった。

広場にいた野次馬たちから悲鳴が上がる。まさか潰された者はいないだろうが……そんなことを気にしている余裕すら、サイラスにはすでにない。

「外の下手人はわたくしの方で捕まえておきましょう。おそらく首謀者までは知らないと思いますが」

「……なんじゃ、この茶番は」

フィオナを鋭く睨み、サイラスは問う。

「聖皇女がラカナ首長の暗殺計画を事前に掴み、聖騎士をもってそれを阻止するだと？　こりゃあ……詩人に歌わせる次の逸話か何かか？」

あまりにも出来過ぎていた。

先ほどの土属性魔法に至っては、もはや完全に図ったようなタイミングだった。

どれだけ諜報(ちょうほう)に長けていても、あのような芸当は不可能なはずだ。

「仮にそのつもりだったならば、わたくしはもっと巧妙な筋書きを用意したことでしょう」

フィオナは表情を変えないまま、平然と答える。

「わたくしはあなたに恩を売るためにここを訪れたわけではありません。残念ながら彼らは本物の刺客であり、ラカナの長であるあなたを狙って差し向けられたもの。舞台からの退場を願ったのは、交渉の妨げになるからに過ぎませんわ」

「だが……どのように情報を掴んでいたとしても、ここまで正確な時間を知ることなどできんはずだ」

「いいえ、できるのです。わたくしならば」

フィオナは陶然と微笑む。

「今はまだ明かせませんが……いずれあなたも、この力の秘密を知る時が来るかもしれません」

「……秘密主義は好かんな」

「うふふっ、おかしなことを言います。他人の事情を無闇に詮索しないのがラカナの流儀だったはずでは？　冒険者が仲間に求めるものは、背を預けられる強さだけ。わたくしの実力は足りませんか？　サイラス議長」

フィオナは長椅子を立ち、粉塵の舞う室内を歩きながら続ける。

「まあとはいえ、今あなたが気になっているのは、やはりわたくしの要求がなんなのかということでしょう。まず一つに、ダンジョンから産出される富をわたくしが出資している商会へ優先的に卸していただくこと。これは、実のところそちらにも利益のある提案です。ダンジョンの少ない遠方にも支部がある商会ですので、多くの素材を相場よりも高い値段で……」

話している途中、フィオナは急に言葉を止めた。

しばらく虚空を見つめていたかと思えば、しまったという顔になって呟く。

「あっ……」

「……なんじゃ。唐突に不安になるような声を出しおって」

「いえ……これは大丈夫になるはずだったのですが……ダメでしたか。うーん、まあ仕方ありませんね。今回は時間もありませんでしたし……」

「……何を言っておる」

「申し訳ありません、サイラス議長。どうやらもう一騒動あるようです」

その時だった。

「――――ヴオオォォォォォオオオオッ‼」

突如、広場の方から雄叫びが轟いた。

それとほぼ同時に、破壊され尽くした壁の外で、一体の巨大な影が立ち上がる。

その獣のような目が、サイラスらを見た。

「なっ、あれは……⁉」

豚面に、緑色の肌。そして市庁舎最上階に届くほどの体躯。

「ジャイアントオーク、だと……‼　なぜこんな場所に……っ!」

「敵の召喚士(サモナー)が喚んだようです」

少々困ったような顔をしながら、フィオナが平然と言った。

「なにが悪かったのでしょう？　魔術師の魔法が放たれるパターンでは、召喚士(サモナー)は現れないはずだったのですが……うまくいかないものです」

巨大なオークが市庁舎に迫る。その一歩が踏み出されるだけで、床が微かに振動している。武器は持っていない。だがあの巨体であれば、素手でこの建物を破壊することくらいわけないだろう。

サイラスは動けない。

足が竦んでいるのではない。フィオナが一向に、その場を離れようとしないのだ。

二人の聖騎士も同様で、狼人は手甲鉤を、鬼人(オーガ)は巨剣をかまえ、ジャイアントオークを迎え撃とうとさえしている。

「何をしておる‼ 逃げんかっ‼」

サイラスは叫んだ。

「貴様らがどれだけ強かろうと、市庁舎が持たん‼ 倒壊に巻き込まれるぞ‼」

サイラスの呼びかけにも、フィオナは答えない。

ジャイアントオークを見据えながら、神に祈るように、その胸へ手を当てるのみ。

「ああ、困りました」

どこか芝居がかった口調で、聖皇女は独り言を呟く。

オークの巨腕が、市庁舎のサイラスたちに向かって振り上げられる。

「どこかのお強い騎士様が、助けに来てくださったらいいのに」

「マッタク――――」

その時。

地の底から響いてくるような低い声が、どこからともなく聞こえた。

「――世話ノ焼ケル、姫ダ」

それと同時に、サイラスは見た。

オークの正中線上に一瞬、黄金色の剣線が奔ったのを。

次の瞬間――その巨体が、縦にずれた。

頭上から真っ二つに両断されたジャイアントオークは、その腕を振り上げたまま、血と内臓を撒き散らしながら広場にどうと倒れる。

その光景を、サイラスは呆然と見つめていた。

崩れた窓際に歩み寄り広場を見下ろすも、視界に入るのはオークの死骸と野次馬ばかりで、これを為したであろう何者かの姿はどこにも見当たらない。

「なんだ……何が起こった」

「さて、議長。静かになりましたので、お話に戻りましょうか」

長椅子に座り直したフィオナが、何事もなかったかのように言う。

「な、何……？」

「刺客はもう来ません。わたくしが保証いたしますので、ご安心ください。交渉の続きと参りましょう」

暗殺者が倒れ伏し、壁と窓が壊れ、外で巨大なモンスターが何者かに殺されたこの状況にあって――聖皇女だけが、その気品を保ち続けている。

言葉を失っているサイラスに、フィオナは続ける。

「先にも言いましたが、こちらの要求は、まず傘下の商会を優遇してくださること。これはラカナにとっても利がありますので、議長としても望むところであるはずです。それと、もう一つ」

フィオナがそこで、一度言葉を切った。

状況に飲まれつつあったサイラスだったが、次に来る要求が本命であることは、直感的に理解した。

聖皇女が、どこか思い詰めたような微笑みを浮かべる。

そして発せられた言葉は、意外なものだった。

「もしいつか、わたくしの友人たちがこの街に逃げてきたら――その時は助けてあげてほしいのです」

ラカナ市庁舎最上階にある一室。

書き物を一通り終えたサイラスは、窓から広場を見下ろした。

いつもはただ広いだけの何もない場所だが、今は様々なモンスターの素材が並んでいる。

スタンピードの終結によって死んだモンスターから、冒険者たちが採取してきた素材だった。

鑑定士たちが慌ただしげに動き回り、素材を種類や価格ごとに分類している。ここ数日、ずっと同じ作業が繰り返されていた。あれほど激しい戦いを繰り広げた後にこれでは、皆疲れているることだろう。しかし心なしか、誰もが晴れやかな表情を浮かべ、生き生きと作業しているようだった。

街が滅ぶかと思いきや、宝の山が手に入ったのだ。無理もない。

だがラカナの長であるサイラスは、喜んでばかりもいられなかった。合同葬儀の手配に、壊れた施設や城壁の修繕、そして素材の換金と、やることは山積みだ。寝る時間すらも惜しい。

しかしそれも、贅沢な悩みと言えるだろう。

史上最大規模のスタンピードに遭遇し、こうして生き残れたのだ。文句など言っていられない。

サイラスは苦笑いを浮かべる。

「まったく……姫さんも、とんでもない奴を寄越しおったもんだ」

フィオナの友人とは、勇者だった。

それだけでも十分に驚いた。初めは冗談かと思ったほどだ。おとぎ話に語られる勇者が、本当に実在したなど。

だがそれ以上の驚愕をこの街にもたらしたのは、勇者の少女ではなかった。

その仲間である、一人の少年だ。

「セイカ・ランプローグ、か……」

あれ以上の強者を、サイラスは知らなかった。おそらくは今後知ることもないだろう。

スタンピードを生んでいた化け物ワームを倒し、あれほどの災害をほとんど一人で鎮めてしまったのだ。尋常ではない。

二年前、フィオナが連れていた二人の聖騎士であっても……ジャイアントオークを両断した謎の剣士でさえも、このようなことはきっとなし得ないだろう。

気になるのは、あの少年が何者なのかということ。

だがそれは、知る必要のないことだとサイラスは感じていた。

この街の住人は、他人の過去を無闇に詮索しない。自分がなぜ聖堂を離れたのか、何を失ってこの街にやって来たのか……過去の仲間たちは誰も気にしなかった。

ラカナはそういう街だ。だからこそ、サイラスはこの街が好きだった。

あの少年にとっても、そうであればいいのだが。

「ふっ……結局、こちらには得しかない取引だったのぉ」

遠くの商会に顔を繋いでもらい、そのうえ成り行きではあるがスタンピードまで鎮めてもらったのだ。これでは借りが多すぎる。

今回の素材の売却にあたっては、当然フィオナに話を持ちかけるつもりだった。すでに便りも出している。

これまでの借りを、いくらか返さなければならないだろう。

「……素材は少しばかり、色を付けて売ってやるか」

◆◆◆

「うーん、悩ましいですね」

帝城敷地内に建つ一軒の離れ。その一室で、フィオナは腕を組んで唸っていた。

目前の文机には書類が積み上がっていたが、それに手をつける気配もない。

「何ヲソンナニ、悩ンデイルノダ」

どこからともなく、低い声が響く。

室内には誰もいない。しかしフィオナは、平然とその声に答える。

「希少な商材が安値でたくさん手に入ることを喜ぶべきか……結局スタンピードが起こってしまったことを嘆くべきか、です。いえ、明らかに嘆くべきでしょうね。最も恐れていた展開になってしまいました……。幸い、ラカナもセイカ様たちも無事でよかったですが」

「……起コッテシマッタコトハ、仕方ナイダロウ」

声は言う。

「思イ通リニイカヌコトモアルト、自分デ言ッテイタデハナイカ。アノ街ノ長……サイラストイウ男ヲ刺客カラ守ッタ時モ、思エバソウダッタ」

「ああ、あの時ですか」

思い出したように、フィオナが言う。

「あの時も大変でしたね。ラカナへはじっくり機をうかがって近づこうと思っていたところに、いきなり議長暗殺の未来が視えてしまって……。おかげで焦りました。あのまま放っておけば、きっと兄のうちの誰かが介入していたでしょうから」

声の主は、当時を思い出す。

いきなりフィオナが素っ頓狂（すっとんきょう）な声を上げたかと思えば、猛烈な勢いで手紙を書き、手近な聖騎士数人を連れて帝城を飛び出したのだ。あの時はついに乱心したかと思った。

しかも、その後も思惑通りにはいかなかった。

「そういえば予定外の召喚士（サモナー）も現れていましたね。あなたの剣をあんな場所で振るわせるなんて、本当ならば避けたかったのですが……。未来の試行が足りないと、どうしても不測の事態が起こってしまいます。時間がなかったとはいえもっと慎重を期すべきでした」

「起コッテシマッタコトハ、仕方ナイ。ムシロ、オ前ハアノ機ヲ、大イニ生カシタデハナイカ」

二年前は結局、暗殺を阻止するためにサイラスと接触したタイミングで協力関係を結ぶことができた。

予定よりも早く手を結べたおかげで、傘下の商会が潤い、フィオナの私財も富むこととなった。

あの騒動が起こらなかった未来よりも、かえって望ましい形になったと言えるだろう。

「今回モ、コノ機ヲ生カスガイイ」

「……？　というと？」

「弁明ノ名目デ、私信ヲ出スノダ。想イ人、ナノダロウ」

　声がそう言うと、フィオナは口を尖らせる。

「……セイカ様はそういうのではありません。過去に夫だったことがあるというだけです。あ、時系列的にはこれから起こることなのですが」

「……オ前ノ言ウコトハ、イツモ、ヤヤコシイ」

　声は気を取り直したように言う。

「ヨクワカラヌガ、夫ナラバ、尚ノコトダ。離レテ暮ラス男ハ、放ッテオケバ、気ガ移ル。手紙ハ、一ツノ手段ダ」

「な、なんですかそれは……。誰から聞いたのですか、そんなこと」

「城ノ侍女ガ、話シテイタ。自ラヲ、色恋沙汰ノ達人ト、称シテイタ女ダ。今度ハ、間違イナイ」

「……あなたは人間社会で妙な知識ばかり仕入れますね」

　呆れたように大きく溜息をついて、フィオナは言う。

「どこぞののぼせ上がった侍女の言う通りにするのは癪ですが……このまま沈黙を保つのもよくありません。便りを書いた方がいいのは、たしかに間違いないでしょうね。ですが、うーん……」

　再び唸り始めたフィオナに、声が訊ねる。

「今度ハ、ナンダ」

「セイカ様に送る便箋は、どのようなものにすればよいのか……」

「……。達人ニデモ、訊クガイイ」

結局。

フィオナが筆を執ったのは、季節が一つ巡った頃だった。

本作品は、二〇二〇年十二月に小社より単行本刊行された『最強陰陽師の異世界転生記～下僕の妖怪どもに比べてモンスターが弱すぎるんだが～④』を加筆修正しました。

最強陰陽師の異世界転生記～下僕の妖怪どもに比べてモンスターが弱すぎるんだが～④

2022年12月31日　第1刷発行

著者　小鈴危一

発行者　島野浩二

発行所　株式会社双葉社
〒162-8540
東京都新宿区東五軒町3-28
電話　03-5261-4818（営業）
03-5261-4851（編集）
http://www.futabasha.co.jp
（双葉社の書籍・コミック・ムックが買えます）

印刷・製本所　三晃印刷株式会社

フォーマットデザイン　ムシカゴグラフィクス

落丁・乱丁の場合は送料双葉社負担でお取り替えいたします。［製作部］あてにお送りください。
ただし、古書店で購入したものについてはお取り替えできません。
［電話］03-5261-4822（製作部）

定価はカバーに表示してあります。

Mこ01-04

ISBN978-4-575-75319-6　C0193
Printed in Japan